EN EL TIEMPO DEL
COVID

Johan Manuel Vilorio

EN EL TIEMPO DEL COVID

Relatos de la vida de cara a la pandemia

En el Tiempo del COVID
Relatos de la vida de cara a la pandemia
By: Johan Manuel Vilorio

Copyright© 2021 Johan Manuel Vilorio

ISBN: 978-1-7354562-6-3 (Paperback)

Library of Congress Control Number: 2021909981

Cover Design and Layout design by Quisqueyana Impressions

To order additional copies of this book, visit QuisqueyanaPress.com/tienda, Amazon.com or contact:

QUISQUEYANA
Press

Quisqueyana Press
Poway, California, USA
info@quisqueyanapress.com
www.quisqueyanapress.com

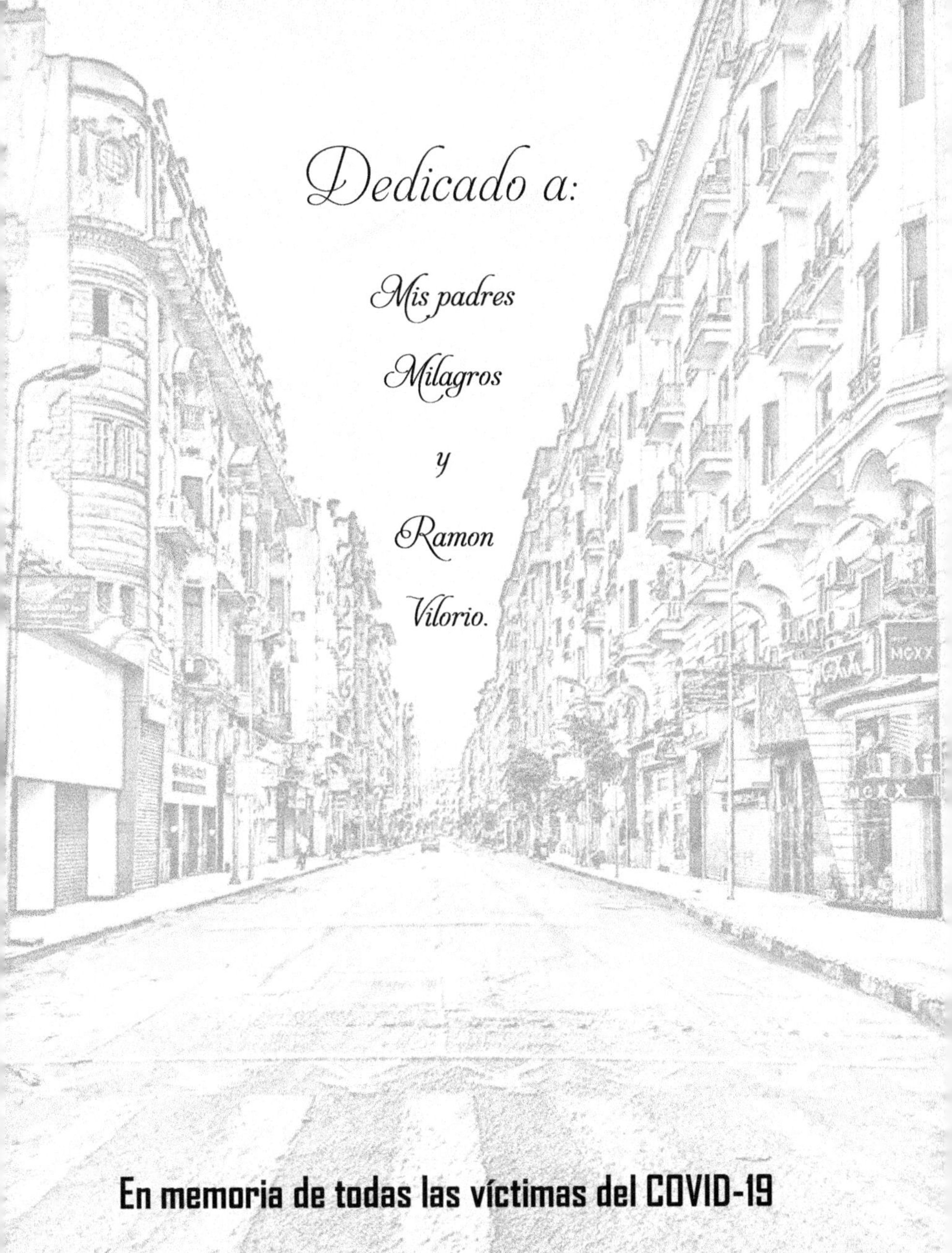

Dedicado a:

Mis padres

Milagros

y

Ramon

Vilorio.

En memoria de todas las víctimas del COVID-19

CONTENIDO

Índice

PREFACIO

En el año 2020, el mundo fue abatido por una de las más grandes y terribles enfermedades que ha visto la historia de la humanidad. Muchas familias en todo el mundo perdieron, tristemente, a algunos de sus seres queridos, entre familiares y amigos.

Lejos de hablar sólo de los aspectos negativos y trágicos que, por tanto tiempo, han dominado las noticias o de, simplemente, presentarles una recopilación de información sobre los estragos que ha provocado el virus del COVID-19, pero tomando en cuenta que estos también, lamentablemente, han formado parte de nuestra vida y realidad en estos últimos tiempos, esta es una historia que narra sucesos de la vida real, cambiando la identidad real de los personajes por nombres ficticios, que representarán las vivencias de muchas familias, en todo el planeta, frente a esta pandemia y las situaciones que han tenido que vivir, buscando ver el lado bueno de cada circunstancia, las expectativas y las lecciones que aprendemos detrás de esta terrible enfermedad.

Mas que eso, podremos ver cómo, a pesar de las pruebas, las dificultades y tragedias personales, podemos vencer y salir adelante con la ayuda y el soporte de nuestros familiares y amigos, las personas que más amamos.

Trate de visualizar cada escena, en especial, las de cada historia familiar en particular, y cómo la unión, la perseverancia, la tolerancia, la confianza mutua y el amor llegaron a ser la clave y la fortaleza para que nuestros protagonistas vencieran sus miedos, temores, obstáculos, dolor y más profundos pesares.

Como este virus ha afectado y abarcado todo a nivel global, nuestros personajes son de distintas partes del mundo, con diferentes culturas, nacionalidades, pareceres, creencias y circunstancias. Lo único en común, es su fuerte amor por la vida y por sus seres queridos y su firme deseo de superar las duras pruebas junto con aquellos a quienes más aman.

Lo que el 2020 nos trajo

Era mediados de enero del año 2020 cuando, en China, millones de personas se preparaban para viajar durante el feriado nacional más grande del país, el Año Nuevo chino. En la capital de la provincia de Hubei, Wuhan, alrededor de cinco millones de personas salían de la ciudad para visitar a sus familiares y amigos, a otras partes del país como fuera del mismo[i]. (BBC Brasil, 2020, párrafos 25 y 26).

Lo que muy pocas personas sabían, para ese entonces, era que aquel lugar seria el epicentro de una enfermedad que afectaría, gravemente, a gran parte de la población mundial, y que esta afección, en aquellos momentos, estaba siendo estudiada por algunos expertos de la salud, pues se sospechaba que pudiera transmitirse masivamente, debido a que esta ya había sido diagnosticada por su contagio entre humanos el 12 de enero de 2020 en Shenzhen, otra provincia de China a más de 1000 kilómetros de Wuhan[ii]. (BBC Brasil, 2020, párrafos 4 y 17).

Para aquella fecha, los viajes eran más constantes y concurridos porque millones de pasajeros abordaban trenes y aviones a fin de visitar a sus familiares para la celebración del Año Nuevo Lunar[iii]. (BBC Brasil, 2020, párrafo 9).

Sin embargo, las autoridades, que en principio habían sido alertadas del brote inicial de esta enfermedad peligrosa a la cual llamarían más adelante COVID-19, un nuevo coronavirus, llamaron la atención de los expertos a fin de guardar la discreción hasta que se obtuvieran resultados más concretos y seguros, pues no querían crear pánico en la población[iv]. (BBC Brasil, 2020, párrafos 11 y 14).

Pasaron los días y en la ciudad de Wuhan, alrededor del 20 de enero, una familia compuesta por cinco miembros se preparaba para hacer un breve viaje hacia Shanghái a fin de visitar a unos tíos radicados allí. El cabeza de familia, Lio Shan Yi, aprovechaba las vacaciones de sus hijos y la suya, pues también era maestro, para reunirse con algunos de sus parientes y compartir durante unos días en la agradable compañía de la familia.

No obstante, sin previo aviso, en la ciudad empezó a tener lugar una escena espantosa cuando todos sus hospitales comenzaron a saturarse de pacientes padeciendo severos síntomas respiratorios causados por un nuevo coronavirus. Tan Fang Mo, la esposa de Lio Shan Yi, comenzó a tener fiebre, cansancio, una tos seca, dolor de garganta y en el pecho; tuvo que ser hospitalizada de emergencia en el hospital y, de inmediato, fue puesta en cuarentena.

Desilusionados, asustados y muy preocupados por el bienestar de su madre, los hijos de Lio Shan Yi: Lio Tan Pei, Lio Tan Si y Lio Tan Shan, se refugiaron en los brazos de su padre, se sentían aturdidos al ver que ni siquiera les dejaban ver a su madre. De modo que, no sólo se vieron obligados a cancelar su viaje, el cual habían planeado durante meses, sino también tuvieron que esperar, pacientemente, a que su madre pudiera recuperarse de su mal estado, afrontando la incertidumbre e inquietud de lo que le estuviese pasando realmente pues no conocían la enfermedad que padecía, cuan grave era y si lograría recuperarse pronto.

El 23 de enero de 2020, debido al incremento del número de personas contagiadas, las autoridades tomaron la decisión de prohibir la entrada y salida de Wuhan, precisamente cuando millones de personas se alistaban para viajar a través del país por las festividades. Debido a estas restricciones que, recientemente, habían sido impuestas, se tuvieron que cancelar vuelos y pasajes de trenes de forma repentina, en un intento por controlar la propagación del virus[v]. (BBC Brasil, 2020, párrafo 7).

A pesar del gran esfuerzo que las autoridades habían hecho por retener y evitar que el virus se propagara más allá de las afueras de Wuhan, fue demasiado tarde; por lo tanto, para el 29 de enero, todas las ciudades en la provincia de Hubei habían quedado cerradas. En algunas de ellas se impusieron toques de queda y otras provincias vecinas limitaron el movimiento ciudadano permitiendo salir sólo a un miembro de familia cada dos días para comprar artículos de primera necesidad[vi]. (BBC Brasil, 2020, párrafo 8).

Desconcertada, muy triste, desconsolada y sin poder salir para ver a su madre en el hospital, Lio Tan Shan, quien era la hija más joven del matrimonio Lio Tan, con apenas ocho años, le preguntó a su padre:

—Papá, ¿mamá se pondrá bien? Me siento muy triste al no saber cómo está y no poder verla.

—Hija mía, tu mamá se va a recuperar, no te desanimes. Pronto regresará y estará con nosotros de nuevo —consolaba Lio Shan Yi a su pequeña.

—Pero ¿cómo puede ser eso cierto? —decía Lio Tan Si, el hijo de en medio, muy enojado y sin poder contener sus lágrimas—. Ya han pasado cuatro días y no hemos sabido casi nada de ella, y estamos aquí encerrados sin poder hacer nada.

—Tranquilízate, los médicos le dijeron a papá que estaban esforzándose todo lo que podían para ayudar a mamá a recuperarse lo más pronto posible —le animaba su hermano mayor Lio Tan Pei, quien contaba con unos diecisiete años—. Lo que pasa es que ella se contagió de esa enfermedad nueva que apareció y los médicos aún no saben bien cómo curarla.

—Así es Pei Pei, pero los médicos y científicos están trabajando duro para hallar una cura o, al menos, un tratamiento lo más pronto posible. Sólo esperemos con paciencia que pronto puedan lograrlo —les exhortaba su padre mientras colocaba su mano en el hombro derecho de su primogénito—. Supliquemos por el bien de su madre, sé que no es fácil no tenerla aquí, no estar junto a ella para animarla, ni estar enterados de su estado, pero es por el bien de todos para que ninguno de nosotros se contagie también ¿Recuerdan que también tuvimos que hacernos esa prueba? Sólo esperaremos que Tan Fang Mo pronto pueda recuperarse.

De esta forma, Lio Shan Yi pudo animar y fortalecer a sus queridos hijos, quienes ponían toda su confianza y esperanza en las cariñosas palabras de su amado padre; entonces, todos se reunieron alrededor de la mesa de la sala y permanecieron sentados, juntos, en familia, rogando por el bienestar de su apreciada madre y tomando un poco de té caliente.

A la vez que la enfermedad se iba propagando rápidamente por toda China, en casi todos los medios de comunicación internacionales comenzaba a difundirse la noticia de que un nuevo coronavirus, potencialmente mortal y peligroso, había surgido en China y que, probablemente, esta enfermedad se convertiría, en pocas semanas, en una epidemia, la cual tendrían que afrontar varias zonas del continente asiático.

Otros medios empezaron a difundir, valiéndose del testimonio de algunos expertos, que ya a finales del 2019 se habían detectado en Wuhan los primeros casos de lo que, al parecer, era una neumonía, pero que más adelante la Organización Mundial de la Salud (OMS) llamaría Covid-19. De hecho, al ver el alcance de dicha enfermedad y lo rápido que se expandía por todo el país, la OMS envió a China a algunos representantes internacionales a fin de trabajar, hombro a hombro, con los expertos y científicos chinos con el objetivo de estudiar más a fondo la enfermedad, su medio de transmisión y prevención, así como luchar por encontrar una posible cura para la misma[vii]. (BBC Brasil, 2020, párrafos 5 y 6).

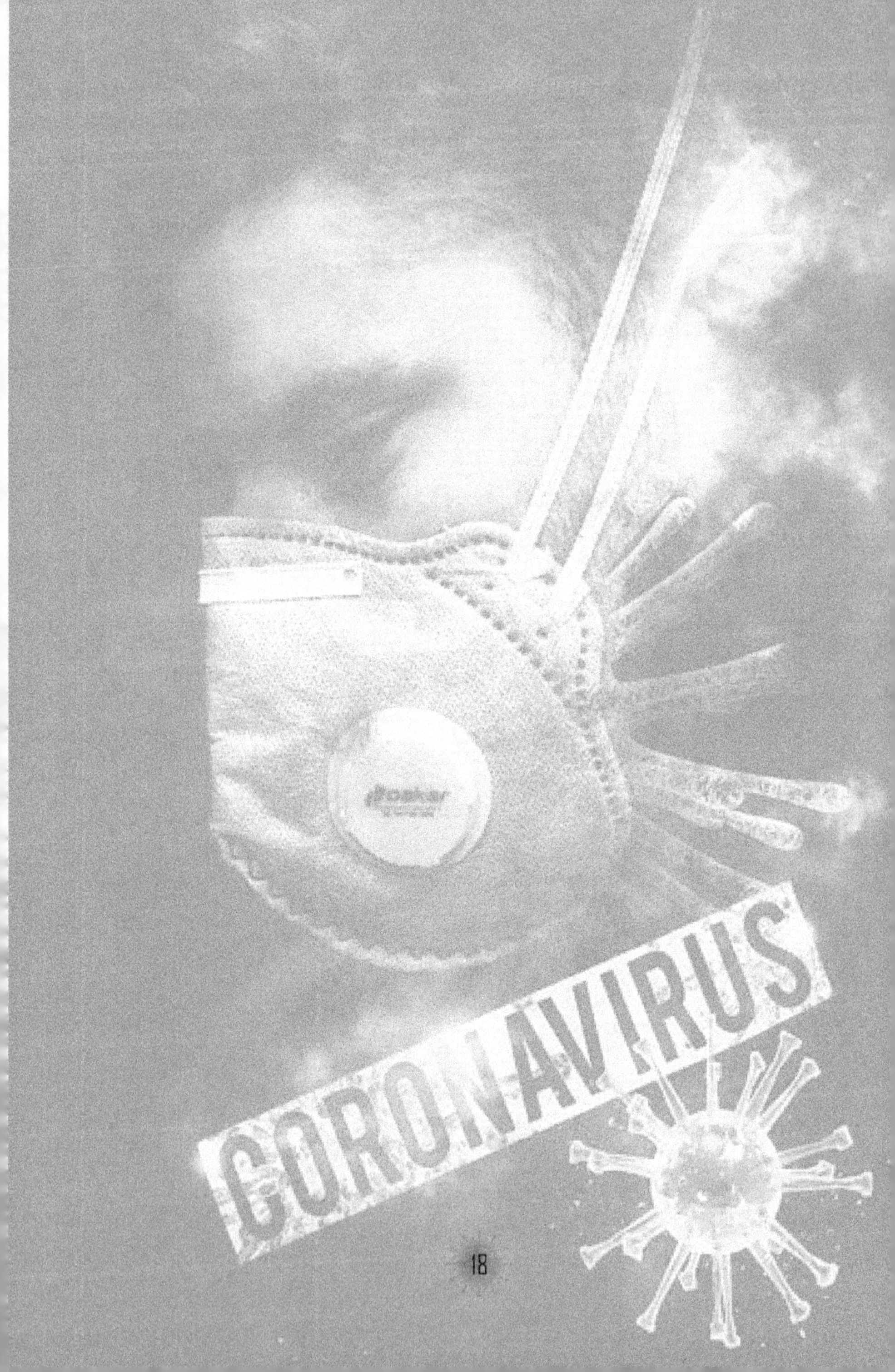

CORONAVIRUS

CAPÍTULO II

Epidemia

Para principios de febrero del año 2020, el virus ya había atravesado las fronteras continentales, llegando hasta Italia, la cual se convertiría en uno de los principales epicentros internacionales de la enfermedad y uno de los países más afectados.

En el pueblo de Codogno, Italia, se hallaba interno el primer paciente diagnosticado con esta enfermedad en el país, un hombre deportista de treinta y ocho años que había viajado por toda la región a fin de participar en maratones y partidos de futbol y que había llevado una vida socialmente activa antes de ser diagnosticado. Así fue como, en cuestión de semanas, no sólo él, sino también su esposa embarazada de ocho meses, su padre y otras tres personas más, se convirtieron en los primeros casos de contagio en el país, llegando a aparecer, al poco tiempo, brotes de COVID también en Milán y Turín, ambas ciudades cercanas a Codogno[viii]. (El Mundo, 2020, párrafos 5 y 6).

El virus se propagó muy rápidamente por Italia, pues ya estaba confirmado que se transmitía, principalmente, de persona a persona; y es que el ser humano es el ser vivo más sociable del planeta tierra, pero en aquella ocasión esta virtud le estaba costando caro a muchos, pues perdían la vida a raíz de este virus. Aunque se conociera el paciente número 1, todavía se desconocía, hasta la fecha, quién era el paciente 0, el cual había llevado la enfermedad desde China hasta Italia, pues hasta la Organización Mundial de la Salud había reconocido que los contagios en Italia se habían convertido en todo «un misterio»[ix]. (El Mundo, 2020, párrafos 3 y 9).

Ese mismo mes se registró la primera muerte en Italia por causa del COVID, un hombre de setenta y ocho años, natural del pueblo de Vo' Euganeo, Véneto, llevando, en tan sólo el lapso de un mes y de manera acelerada, la cifra de muertes a un poco más de 4000 y 47 000 infectados. Al ver la creciente expansión de este virus, las autoridades se vieron obligadas, también en esta ocasión, a imponer ciertas medidas de aislamiento y otras restricciones a fin de salvaguardar las vidas de todos los ciudadanos en Italia[xxi]. (El Mundo, 2020, párrafo 11), (La Vanguardia, 2020, párrafos 2, 5 y 7).

En aquellos momentos, transcurriendo el sábado 21 de marzo, los hospitales se encontraban al borde del colapso. En toda Italia se habían impuesto limitaciones de movimiento, cerrándose así todos los centros comerciales, con excepción de supermercados y farmacias, que eran considerados los más esenciales[xii]. (La Vanguardia, 2020, párrafo 7).

Mientras que Europa se mantenía en cuarentena desde hacía casi dos semanas, las autoridades exhortaban a las personas que se quedasen dentro de sus casas para evitar la propagación del virus. Este era el caso de la familia Castelli, que fue una de las pocas que acató de inmediato las medidas impuestas por los entes de salud, como muestra de respeto a las instrucciones dadas por los mismos y con el fin de cuidar la salud de los más frágiles y mayores de la casa, como sucedía en el caso de la abuela María Sabattini, viuda de Castelli, quien ya contaba con ochenta y tres años.

Todos los miembros de la familia Castelli, quienes vivían juntos en la misma casa, permanecían la mayor parte del tiempo dentro de su hogar, sin salir para ninguna parte, con excepción de Rodrigo, el hijo mayor de María, pues era médico en el hospital «*Il Nuovo Mondo*», de la ciudad de Milán. Mientras Rodrigo hacía turno en la emergencia del hospital donde laboraba, todos los miembros de su familia se reunían a los pies de la abuela, quien se encontraba recostada en su sillón, viendo las noticias de último minuto sobre el progreso de la pandemia en Italia. Entonces, muy preocupada por el bienestar de su esposo, Lucia Castelli exclamó:

— ¡Oh, Dios mío! Por favor, cuida de Rodrigo que tiene que enfrentarse a este virus todos los días. No sabemos a dónde iremos a parar con esta situación, quisiera que él no tuviera que salir hasta que la situación mejore.

— ¡Ay, mi hija! Todos los días rezo a Dios por el bien de mi amado hijo, para que pueda llegar a casa sano y libre de esa espantosa enfermedad. Ciertamente, se están viendo las señales de los últimos días ¡Cuántas pestes! —decía la señora María Sabattini, pues era muy religiosa.

—Mamá, usted se toma las cosas muy a pecho —le llamaba la atención Fernando Castelli, su hijo menor, quien también vivía con ellos allí—. Esa es otra gripecita que apareció y pronto hallarán alguna vacuna para lidiar con ella.

— ¡Muchacho! No relajes con eso, pues si no prestamos atención a los últimos acontecimientos de estos días, nos podremos perder —le reprendía su madre María—. Tú ni siquiera vas a la iglesia, eres obsceno e irrespetuoso para las cosas de Dios, no eres como tu hermano Rodrigo, que siempre me ha acompañado todas las semanas a la iglesia. Debes aprovechar este tiempo para volverte a Dios, porque si no...

—Si, si, mamá. Ya le he escuchado decir eso una y otra vez en cada oportunidad que tiene —le decía Fernando a fin de acallar a su madre, pues casi nunca la escuchaba—. Pero no estoy de acuerdo con esto de que debamos estar en casa todo el tiempo, es patético. Me he mantenido aquí sólo porque ustedes, en especial Rodrigo, me han insistido y obligado.

—Rodrigo debería echarte de aquí, eres desobediente y un completo holgazán —decía alterada Doña María—. No sé cómo es que él y tú, Lucia, lo han aguantado por tanto tiempo. Y pensar que eres mi hijo...

—Tranquilícese Doña María, no se altere —recomendaba Lucía a su suegra—. Fernando no lo decía en serio ¿Verdad que no, Fernando? Perdónelo, pues no tiene cuidado con sus palabras. Fernando, ven a ayudarme a preparar un capuchino, mientras que hago unos bocadillos en la cocina. La dejaremos con el pequeño Marco, para que le siga haciendo compañía.

Lucía hacía eso para lograr calmar a Doña María, pues esta se sentía muy desilusionada y triste por el camino que había escogido su hijo menor, Fernando, quien había decidido vivir una vida bohemia y llena de placeres, libertinaje y desenfrenos, habiéndose dedicado a ser DJ en algunas discotecas, en contra de la voluntad de su madre y su difunto padre.

En la cocina, Lucía aprovechaba para exhortarle a Fernando, su cuñado, a que fuese más comprensivo con su anciana madre, quien siempre se había sentido mal debido a que su hijo, a quien tanto quiso y cuido desde niño, rechazaba los principios y credos que tanto se había empeñado en inculcarle y, sin ninguna explicación o tacto, abandonase el estilo de vida que sus padres le enseñaron por uno más liberal e imprudente. Lucía le explicaba que para una madre esa forma de actuar y responder ante los hijos es un acto de rebeldía, irrespeto y desobediencia descarada, lo cual los entristece mucho pues los lleva a la conclusión de que han fallado en su crianza.

Fernando escuchó con mucha atención a su cuñada pues, de todos los miembros del hogar, irónicamente era a ella a quien más respetaba, viéndola como una gran hermana mayor desde principios de la relación que ésta tenía con su hermano. Así fue como las palabras de empatía de parte de Lucía hacía su suegra movieron a Fernando a pensar un poco en la actitud que mostraba ante su madre y la forma como la trataba.

Mientras tanto, en Hubei, provincia china, todo parecía ir mejorando. Para el 23 de marzo llevaban casi una semana sin registrar más de un solo caso. Entonces, las autoridades decidieron flexionar un poco las restricciones de viajes para los que estuviesen bien de salud. Esta medida había entrado en vigor desde la medianoche del martes 24[xiii] (BBC News Mundo, 2020, párrafos 3 y 4).

Al mismo tiempo, en Wuhan, ya para el miércoles 8 de abril se había permitido que los ciudadanos que no estuviesen enfermos pudieran circular, entrar y salir de la ciudad. Aunque todavía permanecían en cuarentena ya se habían reanudado 117 rutas de autobuses y algunos de los negocios locales comenzaron a operar de nuevo[xiv] (BBC New Mundo, 2020, párrafos 18 y 19).

Luego de haber podido visitar por primera vez en dos meses a su esposa y de haberse enterado de su gran recuperación, Lio Shan Yi recibió una llamada del médico que trataba el caso de Tan Fang Mo; el Doctor Gu Chang Wo, quien le daba la agradable noticia de que su querida esposa se había recuperado y vuelto a someter a la prueba del Covid-19, logrando dar negativo, así que le solicitaban que fuese a recogerla en el hospital pues ya había sanado.

Muy emocionado y fuera de sí por la alegría que lo embargaba, Lio Shan Yi, quien aún estaba al teléfono hablando con el Doctor, saltó sin pensar de la emoción, mientras lloraba de alegría al no poder contener las lágrimas. El profesor Lio Shan agradecía, sin palabras, a aquel médico por arriesgar su propia vida y dedicarse sin reservas a ayudar a su esposa para que pudiera recuperarse de aquella terrible enfermedad.

Al ver a su Padre tirado en el suelo llorando, a la vez que terminaba de hablar por teléfono, Lio Tan Pei, inquieto y perturbado por la idea de lo que hubiese podido significar esa llamada y pensando en su madre hospitalizada, temeroso le preguntó a su padre:

—Papá, ¿por qué estas llorando?, ¿qué te acaban de decir por teléfono?, ¿se encuentra bien mamá?

El hombre, que aún no podía contenerse por las lágrimas de gratitud a Dios y los médicos que pusieron todo el corazón en ello, balbuceaba sin poder decir todavía una palabra. Su hijo mediano de 12 años, Lio Tan Si, quien contemplaba la escena desde lejos, corrió a alcanzar a su padre y a su hermano mayor para decirle entre sollozos:

—La razón por la cual lloras es porque mamá ha muerto, ¿verdad? No lo ocultes más, pues escuché cuando te despedías del Doctor Gu Chang y le dabas las gracias por todo. Es eso lo que paso, ¿no?

Entonces, Lio Tan Pei abrazó a su hermano menor mientras se unía a él en la angustia de su dolor, sin haber esperado antes la respuesta de su padre. Fue cuando entonces, Lio Shan Yi pudo por fin sacar ánimos desde dentro de sí y decir:

—No, no es eso. Su madre está viva, está viva y se ha recuperado del COVID. El doctor me llamaba para pedirme que fuese a buscarla pues le darán de alta.

Al escuchar la gran noticia, el regocijo dominó por completo a aquellos chicos, devolviéndole su espíritu y ánimo dentro de sí, pues se habían deprimido mucho por causa de su madre y la situación en la que se encontraba.

La pequeña Shan, quien dormía en su habitación desde hacía unas horas, se despertó al escuchar la algarabía que venía desde la sala de su casa. Al salir y ver a su padre y hermanos abrazados los unos a los otros e inclinados en el piso llorando de la alegría que sentían, la niña agitada les preguntó:

—¿Por qué lloran? Papá, ¿ha pasado algo?

—Sí, hija. Pasó algo muy bueno —le respondía su querido padre entre lágrimas—. Tu madre ha recuperado la salud.

La expresión en la cara decaída de la tierna Lio Tan Shan cambió de repente y se le dibujó una gran sonrisa que iluminó toda la sala de alegría y contento mientras de un salto expresaba su gran entusiasmo.

Aunque la familia tuvo que esperar dos semanas más, pues los médicos querían observar más de cerca el estado de Tan Fang Mo y cómo evolucionaba su progreso, la familia Lio Tan esperaba con paciencia mientras contaban los días para la llegada de su amada madre.

Por fin llegó el día, jueves 23 de abril, cuando los niños vieron abrirse la puerta de la casa, y al observar a su padre entrar, ver tras de él a su querida madre, a quien tanto habían añorado volver a ver. Entonces todos de un salto se lanzaron hacía ella para darle un fuerte abrazo mientras gritaban de felicidad. La familia estaba nuevamente reunida.

Aunque las cosas parecían mejorar en China con respecto a esta nueva enfermedad, pues la gente expresaba con la llegada de la primavera un optimismo renovado y gran confianza en sus autoridades, no sería la misma situación para el resto del mundo, en donde el COVID apenas iniciaba su recorrido[xv] (BBC News Mundo, 2020, párrafos 13 y 23).

CAPÍTULO III

Pandemia

El miércoles 25 de marzo España se había convertido en el segundo país del mundo con más víctimas mortales por el coronavirus, después de Italia y superando a China, habiendo declarado todo el país en estado de alarma para el 14 de marzo, bajo el cual solo se permitía a la gente salir de sus casas en circunstancias especiales tales como ir al trabajo o comprar alimentos y medicinas. La región más afectada fue Madrid, donde se registró más del 53% de los fallecidos en todo el país[xvi] (BBC News Mundo, 2020, párrafos 1, 5, 7 y 9).

La recién famosa enfermedad había sido declarada por la Organización Mundial de la Salud como una Pandemia; enfermedad mortalmente peligrosa que es capaz de atravesar hasta continentes afectándolos de igual o peor manera que donde surgió.

La gran epidemia que se había transformado en Pandemia se expandió por todo el mundo y la preocupación también fue en aumento. Para el 26 de abril, Italia se encontraba en el puesto número 3 de países con mayor cantidad de infectados, solo después de Estados Unidos y España[xvii] (LA NACIÓN, 2020, párrafo 4).

Por aquellos días, la familia Castelli se encontraba reunida viendo los noticieros sobre el avance de la enfermedad en el país. Fue cuando en uno de los programas de noticias que solían ver juntos informaron que, para la fecha, según estadísticas dadas por los expertos se habían reportado en Italia 197,675 casos de infectados, de los cuales 26,644 habían muerto y 64,928 se habían recuperado[xviii] (LA NACIÓN, 2020, párrafo 1).

Al escuchar tales informes y darse cuenta de que la cantidad de personas recuperadas era mayor que la de muertos, Fernando pudo abrigar esperanzas de poder salir pronto de su hogar, aunque las autoridades todavía aconsejaban quedarse en casa. Fue entonces cuando dijo:

— ¡Qué bien es escuchar algo positivo después de todo! Son más de 60,000 personas las que ya se han recuperado, eso quiere decir que ya han encontrado las formas de cómo lidiar con la enfermedad y pronto se convertirá en una gripecita más de la cual, si nos contagiamos, nos podremos mejorar pronto. No veo la hora cuando ya pueda salir para hacer mis fiestas como antes.

—No Fernando, el COVID no es *otra gripecita* como dices — dijo su hermano Rodrigo mientras le corregía—. Es un virus que causa una neumonía muy grave y que puede matar. Ya viste la cantidad de muertos que van, además de los que gracias a Dios se han podido recuperar, y eso que solo llevamos dos meses en esta situación.

—¡Va, tonterías! Si hay quienes se pueden recuperar yo también podría en caso de que me infectara, soy muy fuerte. Además, ya estoy harto de estar tanto tiempo cerrado aquí, cohibido de lo que antes solía hacer, hay personas que ni siquiera hacen caso a las medidas puestas por las autoridades, y yo necesito trabajar para ganar dinero, no quiero ser un mantenido.

—Pero, aunque seas fuerte y quizás te recuperarías pronto, si te diera COVID, Fernando, también deberías pensar en tu madre María, y tu sobrino Marco —trataba Lucía de ayudarle a entrar en razón—. Ellos son los más frágiles y propensos a enfermar de gravedad pues Doña María es de edad avanzada y mi Marco sabes que hace dos años apenas, cuando contaba con 10, logró superar un tumor cerebral. Debes quedarte en casa, no solo por ti, sino también por los que amas, por los tuyos. Debes ser solidario y ponerte en su lugar también.

—Ese muchacho no piensa ni en su propio bien, mucho menos en el de los demás —refunfuñaba su madre, Doña María Sabattini—. Me da pena decir que es mi hijo. Si siquiera pensara en lo que le acabas de decir, no hubiese ni pasado por su cabeza la locura que ha dicho.

—Fernando, si es por dinero o comida que te preocupas, sabes que aquí no te faltara nada —le decía su hermano Rodrigo a la vez que le sostenía el hombro izquierdo para animarlo a tomar la decisión correcta—. Somos una familia, y estamos para apoyarnos el uno al otro. Sé que no has podido trabajar en éstas últimas semanas porque las fiestas están restringidas, pero si necesitas algo no dudes en decírmelo, eres mi hermano pequeño siempre te he cuidado, ¿no? Pero ahora lo primero es que todos estemos a salvo lástima que, por mi trabajo, los arriesgo todos los días, pero tengo el más meticuloso cuidado para no causarles ningún daño.

—Ya me han hecho sentir como el malo, pero es que no es solo el trabajo, es la ansiedad que siento cada día más por tanto tiempo aquí dentro encerrado, sin poder salir ni para tomar el aire —se quejaba Fernando—. Pero ya veo que tendré que seguir aquí solo hasta que vea que las cosas mejoren un poco más.

—Eso esperamos Fernando, confiando siempre en Dios —le consolaba Lucía—. Sé que puede angustiar y causar mucha ansiedad estar todo el tiempo en casa, más para ti que no eres tan hogareño, ¿qué te parece si hacemos una rutina de juegos en familia, ejercicios y aprender algo nuevo como un idioma? No sé, estuve leyendo sobre eso en una página de internet que me recomendó una amiga por teléfono, que ofrecía algunos consejos para lidiar con la ansiedad y me parecieron prácticos.

—Sí tío, podemos jugar un poco, tengo algunos juegos de mesa divertidos —decía emocionado el joven Marco—. Y si quieres me puedes enseñar a hacer algunas mezclas de sonido, de las que me solías mostrar cuando te preparabas para tus conciertos.

—De acuerdo Marco, haremos lo que me dices —le respondía Fernando a su sobrino mientras le sonreía animado—. Así aprovecho y práctico un poco más mi oficio pues me estoy quedado boto.

De esta manera, al conversar y escucharse unos a los otros entre consejos, la familia Castelli pudo llegar a un acuerdo; lograr calmar y hacer razonar por el momento a Fernando, quien se sentía inquieto y ansioso por la situación.

COVID-19
COVID-19
COVID-19
COVID-19

CAPÍTULO IV

Un virus Internacional

La Organización Mundial de la Salud (OMS) había propuesto una serie de recomendaciones básicas para evitar la exposición al virus. De todos modos, con el avance del Covid-19 los diferentes países fueron tomando medidas más extremas en función de la incidencia de la enfermedad en cada uno de los casos.

Mientras tanto, el COVID seguía ganando terreno en Estados Unidos y América Latina, los cuales ahora se convertían en el epicentro del brote[xix] (France 24, 2020, párrafo 2).

Para el miércoles 27 de mayo, Estados unidos había reportado más de 100,000 muertos por causa de este enemigo mortal[xx] (France 24, 2020, párrafo 1). Una de las familias afectadas fueron los Brown, quienes vivían en el condado del Bronx, Nueva York, Estados Unidos. El abuelo Chad, quien había fallecido debido a una neumonía grave causada por dicho virus, era el esposo, padre y abuelo más querido de la familia, pero ya no contaban con su presencia.

Como la abuela, Michelle Lidia Brown, esposa del difunto, se encontraba muy abatida por el dolor de la pérdida de su amado esposo, con quien había llevado 53 años de casada, su único hijo, Jamie Brown decidió de acuerdo con su esposa, Melanie, llevarla a vivir por un tiempo con ellos, pues se encontraba muy sola y deprimida.

El matrimonio Brown había vivido sin su hijo en casa por más de 10 años, desde que éste tomó el paso de casarse con Melanie, con quien había procreado un hijo, el cual contaba ya con 14 años. Jamie, a fin de cuidar de la salud de su madre, antes de recogerla en su hogar desinfectó todo su vehículo, limpiándolo por dentro y por fuera. Al mismo tiempo, Melanie y su hija menor, Samantha, se encargaron de limpiar y decorar la que sería la habitación de la abuela mientras que Jamie Jr. y su hermano adoptivo, Pablo, limpiaban el resto de la casa.

Al llegar a la casa de su querida madre, Jamie, quien vivía solo a unos 5 kilómetros de allí, le pitó bocina a su madre para hacerle saber que había llegado, entonces se desmontó del vehículo. Al acercarse a la puerta de la casa la misma se abría dejando ver a su madre quien salía muy angustiada. Al notarla tan decaída, Jamie le preguntó inquieto:

—Mamá, ¿por qué estás tan desanimada? Parece como que has estado llorando todo el día.

—Ay, hijo mío. No he podido dejar de pensar en tu padre, y cada vez que me llegan recuerdos de esos momentos tan felices que pasamos juntos, me cuesta aceptar la idea de que él ya no está aquí con nosotros —decía muy triste Michelle—. Si no hubiese sido por esa pandemia, todavía lo tuviera conmigo, lo pudiera abrazar y cuidar como antes.

—Sé lo duro que es para ti, mamá —le consolaba su hijo Jamie, igualmente dolido por la pérdida de su padre—. Ustedes siempre se trataban como los mejores amigos, se les veía el amor que sentían el uno por el otro, por ello su ejemplo ha sido un punto fuerte en mi matrimonio, porque así he tratado de hacer con Melanie. Pero es por esa misma razón que te llevo a mi apartamento, aquí solo hallarás más recuerdos de papá en cada esquina, y no es malo hacerlo, sin embargo, al estar sola no podrás lidiar con ese dolor.

—Pero Jamie, ustedes ya son 5, y el apartamento es muy pequeño —se excusaba Michelle, pues no quería causar molestias—. Mi casa es un poco más grande, aunque cuenta con solo dos habitaciones.

—Sí, pero como tan solo han pasado tres semanas desde la muerte de papá, no quiero que la falta que sientes por él te deprima tanto que no puedas afrontar el duelo —decía Jamie para convencer a su madre—. Además, ya lo has dicho, aunque la casa sea un poco más grande mi apartamento tiene tres habitaciones y ya hemos convertido la sala en una habitación más con el sofá cama, para que te puedas quedar en la habitación de Samantha y mientras que ella duerma en la sala. Los niños seguirán durmiendo en su habitación aparte. Ven, vámonos.

Así fue como Michelle se dejó convencer por su amado hijo y permitió que éste sacara su equipaje, en donde llevaba toda la ropa que necesitaría, algunas cosas de valor sentimental y de su uso personal. De aquella manera, la familia Brown logró reunirse a fin de apoyarse unos con otros y luchar todos juntos y unidos contra el dolor y la angustia que sentían por la enorme pérdida de su amado y querido abuelo.

La pandemia seguía avanzando, y cada vez más países reportaban nuevos casos y se iban agregando a la larga lista de países afectados por el Coronavirus. Esto llevaba a los gobiernos a imponer medidas de prevención y ciertas restricciones para disminuir los contagios, como lo era ciertamente la puesta en cuarentena.

Para que la cuarentena pudiera ser levantada en cualquiera de estos lugares, era imprescindible la colaboración de todos, sin excepción de nadie. Si uno fallaba, todos fallaban, pues el virus hallaría una vía para seguir transmitiéndose y expandiendo sus horizontes.

Estábamos afrontando una etapa muy dura, mucho más en las zonas urbanas y metropolitanas, donde habitaban la mayor concentración de personas.

A pesar de la toma de medidas para mayor seguridad y cuidado como prevención, en algunos países de Latinoamérica como Chile seguían las protestas y reclamos de las comunidades más vulnerables, pues el desempleo y la falta de los bienes de primera necesidad eran situaciones que afectaban a un gran número de la población, a parte de la situación sanitaria, todos debido a la pandemia[xxi] (France 21, 2020, párrafos 14 y 15).

Volviendo a Nueva York, Estados Unidos, la familia Brown recibía a la abuela en su pequeño, pero a gusto apartamento. Los muchachos, Jamie Jr., Pablo y Samantha, olvidándose del largo período de pandemia en el que estaban y el distanciamiento impuesto para con las personas fuera de casa, fueron a una hacía la abuela para abrazarla y darle la bienvenida a su humilde hogar.

Michelle sintió de parte de toda su familia, en especial su nuera, la gran acogida generosa y hospitalaria que le dispensaban, lo cual la animaba y fortalecía aún más.

Johan Manuel Vilorio

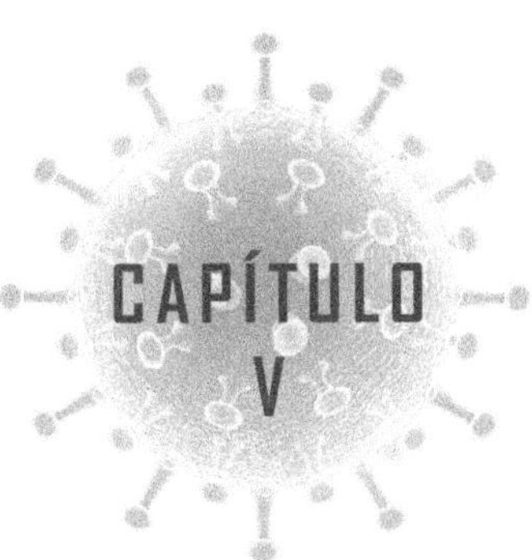

Educación en tiempos del COVID

Aunque en China las clases de los niños siguieron impartiéndose en línea desde casa, por internet, al igual que hicieron en otros países por los mismos medios; algunos de ellos, que pertenecían al tercer mundo o como conocemos, países en desarrollo, tuvieron algunos contratiempos para llevar la educación a todos los rincones de su territorio; a todas las casas de su población, cuya gran mayoría no se encontraban preparadas para recibir las clases por dichos medios, ya que la dificultad para la conectividad a internet y la pobreza eran una realidad que afectaba a una gran mayoría.

Aun cuando algunos países e instituciones educativas habían continuado sus labores por medio del internet, la televisión o la radio, para mediados del 2020 la verdad seguía siendo que todavía gran parte de las escuelas en más de 160 países permanecían cerradas, algo que afectaba a más de 1.000 millones de estudiantes[xxii] (Naciones Unidas, 2020, párrafo 5).

La educación es un factor muy importante para cada ser humano pues es la clave para el desarrollo personal y el futuro de las sociedades, abre oportunidades y reduce las desigualdades. Sin embargo, la pandemia del COVID-19 había causado una gran interrupción y un daño como nunca antes la educación había sufrido[xxiii] (Naciones Unidas, 2020, párrafos 1-4).

A pesar de las clases impartidas por radio, televisión y en línea, y de los mejores esfuerzos de los docentes y los padres por continuar con la educación de sus hijos, todavía había una gran parte de los alumnos a los cuales no había llegado. Una muestra de ello eran los que tenían alguna discapacidad, aquellos de comunidades minoritarias o desfavorecidas, los desplazados y refugiados, y aquellos en zonas remotas, quienes corrían mayor riesgo de que se les dejase atrás[xxiv] (Naciones Unidas, 2020, párrafos 8 y 9).

En San Pedro de Macorís, Republica Dominicana, Carlos, un niño con dificultades auditivas que estudiaba en un centro de educación regular, no había logrado terminar su segundo año escolar de secundaria con satisfacción debido a que su maestra, quien no sabía mucho lenguaje de señas, se le hacia un poco difícil dominar las aplicaciones de videoconferencia, por lo que solía con frecuencia comunicarse y asignar trabajos por WhatsApp, cuando en el caso particular de Carlos, entendía mucho mejor a las personas al verlas cara a cara, pues así podía leerles los labios.

La situación de Carlos lo llevó a tal descontento que no dudó en expresárselo a sus padres, quienes se vieron obligados a recibir ellos mismos todas las clases de su hijo y explicárselas directamente, auxiliándose del lenguaje de señas y hablándole con más calma y claridad.

Esta situación les sucedía por la inesperada llegada de la pandemia, el cierre de todas las escuelas y que, desde antes de que todo aquello iniciara, en la ciudad solo existían dos o tres centros de educación primaria para sordos e hipoacúsicos que llegaban hasta el sexto grado de primaria, de los cuales muy pocas personas de esta comunidad lograban llegar hasta el último curso, sin posibilidad de viajar todos los días hasta la capital del país, donde se encontraban dos de los pocos centros de secundaria para sordos en toda la región, con el fin de lograr terminar sus estudios.

Como desde niño a Carlos le encantaba estudiar, sus padres se esforzaron por inscribirlo en un centro donde pudiera avanzar un poco más, aunque no hablasen en el lenguaje de señas, pero que le permitiera terminar todos sus estudios primarios y secundarios con ayuda de unos aparatos especiales que le facilitaran percibir ciertos sonidos y que sus padres, Juan y Leticia, le habían comprado.

Mientras Leticia intentaba explicarle una clase de Matemáticas sobre los cuerpos redondos y sus mediciones, hablándole muy despacio y mediante algunas señas que podía hacer a duras penas, pues aún no tenía mucho dominio de estas, Carlos, muy concentrado en los labios de su madre más que en las señas, que apenas entendía. Finalmente, frustrado cerró sus libros y el cuaderno a la vez; mediante señas y vocalización le decía:

—Estoy cansado, aunque lo intentas, no es lo mismo. Explicas despacio, pero creo que apenas puedes entender lo que me dices. He tratado de leer en el libro, pero no entiendo ciertas palabras. No puedo seguir. Lo dejaré hasta mañana.

—¿Qué pasa Carlitos? ¿no me estás entendiendo? —le preguntaba Leticia a su hijo, muy preocupada—. Puedo volver a repetirte de nuevo lo que tienes que hacer.

—No, mamá, estoy cansado —gritaba Carlos al mismo tiempo que movía sus labios y hacía algunas señas, frustrado al no poder entenderlo todo—. Ya tenemos dos horas en el mismo tema y aún no te logro entender bien, a penas puedes decirme lo que ves, pero no te entiendo.

Su madre, al comprender que estaba agotado mental y emocionalmente debido a no entender lo que le explicaba, no solo el procedimiento sino también la aplicación del tema le animó a descansar un poco y despejar su mente mientras hacía otra cosa más, para luego de unas horas retomar el tema de clases e intentarlo otra vez.

Leticia sabía que su hijo se había esforzado mucho por mantenerse en una escuela regular, donde no hablaban lenguaje de señas ni nadie lo entendía, ahora más que toda la enseñanza que se le impartía era a distancia, sin siquiera adaptar dicho modelo a sus propias circunstancias.

A pesar de todas aquellas dificultades, Carlos no se rendía en su esfuerzo por estudiar, aun estando en su casa con su madre, quien no sabía muchas señas y mucho menos matemáticas, y de la poca o ninguna preparación de su maestra para trabajar con niños sordos como él; por ello, sus padres siempre lo apoyaron con el fin de que su hijo, sin importar los obstáculos a los que se pudiera enfrentar, lograse terminar su escuela.

Mientras tanto, en Milán, por el norte de Italia, se encontraban reunidos, como de costumbre, la familia Castelli, viendo y comentando las noticias de último minuto. Al mismo momento que veían algunos informes sobre el impacto de la pandemia en la educación, la cual había sido interrumpida desde marzo de ese mismo año en el marco de las medidas para evitar la propagación de la pandemia de coronavirus. También escuchaban algunos comentarios sobre el plan del gobierno de reabrir las escuelas para el 1 de septiembre de ese año[xxv] (Agencia Nacional de Noticias, 17 de junio de 2020, párrafo 2).

Aunque era el deseo de todos el regresar a la escuela, la realidad mostraba otra cara muy dura de la moneda, pues fue exactamente la región del norte de Italia la más golpeada por el COVID, registrando para aquella fecha, 17 de junio del 2020, el 63 % de los casos de contagios por coronavirus en todo el país[xxvi] (Agencia Nacional de Noticias, 17 de junio de 2020, párrafo 4).

Sin embargo, a pesar de esta situación, la ministra de Educación del país afirmaba que había propuesto abrir las escuelas el 1 de septiembre para los exámenes de recuperación en su primera quincena, y que desde el 14 de septiembre volverían a llevar a todos a la escuela[xxvii] (Agencia Nacional de Noticias, 17 de junio de 2020, párrafos 6 y 7). Al escuchar tales noticias, Marco, quien ya extrañaba mucho a sus amigos de la escuela, deseándolos ver pronto para abrazarlos, jugar y volver a compartir con ellos, en un impulso entusiasta de alegría y contento por la noticia expresó:

—¡Yupi! Pronto volveremos a clases, así que podré ver de nuevo a todos mis amiguitos. Cuando los vea, lo primero que hare será darles un fuerte abrazo y decirles que los quiero mucho.

—Sí, Marco. Todos deseamos hacer lo mismo, aunque no estemos en la escuela, para volver a compartir con nuestros amigos y demás familiares —le decía Lucía a su hijo—. Pero recuerda que el COVID aún no se ha ido y, aunque abran las escuelas, como eres vulnerable por tu condición de haber tenido un tumor cerebral, no quisiéramos que te arriesgara. Vamos a esperar a ver qué pasa, todavía quedan dos meses, esperemos que esto acabe pronto.

—Wao, yo quisiera hablar de nuevo con mis amiguitos, los extraño tanto —gritaba decepcionado Marco—. ¿No puedo hacer nada para poder verlos otra vez? Pues, aunque he hablado por teléfono y chat con algunos no es lo mismo, mamá, no es lo mismo.

—Te entiendo muy bien, hijo —le contaba su madre al observarlo con cariño—. ¿Qué te parece si llamamos a tu maestra para pedirle algunos números de teléfonos de los padres de tus amigos? Así los contacto para planear una reunión por videoconferencia y hablar sobre cómo les va y como están, y preparamos algunos juegos para que compartan por un rato.

—Me parece bien —aceptaba el niño, alentado por la gran idea de su madre—. Así no tendré que esperar hasta septiembre para verlos.

Aunque Lucía y Marco estaban muy esperanzados con los planes a los que habían llegado en cuestión de segundos, Fernando, quien todavía seguía sintiéndose fatigado por el largo tiempo que había permanecido en casa debido a la pandemia, muy desilusionado decía:

—Ustedes se contentan con solo ver a sus amigos por cámara, pero eso para mí no es divertido. Yo estoy acostumbrado a salir con ellos y disfrutar más del momento, mi vida y mi trabajo son así.

—Claro, esta situación te tiene a ti más enfermo que si tuvieses el COVID —decía su madre, María Sabattini, sarcásticamente—. Si no es de parranda en parranda, es imposible que te diviertas y pases un buen tiempo con los tuyos. Solo mírate, cada vez que compartes un rato con nosotros es como si estuvieses obligado a estar aquí, pero eso cambia después que te conectas con esos amigos tuyos...

—Ay mamá, ya comenzamos de nuevo —se quejaba Fernando mientras se excusaba—. Lo decía porque no he hecho nada más que hablar por cámaras en estos 4 meses.

—Me acaba de llegar una idea —dijo prontamente Lucía, a la vez que le surgía una solución en su cabeza para el problema de Fernando—. ¿Qué te parece si programamos una fiesta virtual, en vivo, en alguna red social por videocámara, donde puedas tocar y hacer tus mezclas? Tienes el equipo aquí en casa, así que creo que ese no sería un problema.

—¡Mas bulla aquí en la casa! —protestaba Doña María—. Solo para satisfacer a este manganzón, no basta con la que hace con sus amigos hasta tarde en la noche conversando.

—No se preocupe María, yo me aseguraré de que sea una hora temprana —decía Lucía para animar a su suegra—. Si no quiere estar presente, podría acompañarla en su habitación mientras vemos algún programa o las noticias.

Otra vez más, Lucía aportaba una solución ante el desánimo y la negatividad de Fernando, a fin de animarle un poco y mantenerlo ocupado mientras pudiera quedarse todo el tiempo que fuese posible en casa, por el bien de él mismo y el de su familia. Por el momento, aquella idea le pareció suficiente a Fernando para calmar su ansiedad, así que tomó la sugerencia de su cuñada y comenzó a programar con sus amigos una fiesta virtual.

Ya para los meses de julio y agosto, en algunos países tales como Sri Lanka, Lao, Jordania, Ghana y El Congo, ya habían reabierto las clases para algunos cursos en modalidad semipresencial y tomando las medidas de distanciamiento e higiene recomendados por las autoridades[xxviii] (UNICEF, 6 de agosto de 2020, párrafos 4, 8-10, 13-20, 27-29).

Esto sucedía ya que en la mayoría de estos países se registraban pocos o ningún nuevo caso en un período considerable, así que las autoridades meditaban sobre abrir las clases de forma parcial para no perder un año completo.

Por ejemplo, ya para el 22 de julio, varios estudiantes de último curso en Ghana iban de camino a la escuela con sus mascarillas a fin de presentarse a los exámenes. Esto sucedía en respuesta a los esfuerzos del gobierno e instituciones nacionales e internacionales por garantizar la continuidad de la educación. Las escuelas de todo el país habían sido dotadas de instalaciones para el lavado de las manos y termómetros que no requerían contacto físico[xxix] (UNICEF, 6 de agosto de 2020, párrafos 13-15).

En China, aunque para la familia Lio Tan el inicio de la pandemia fue muy duro, pues le había afectado directamente con el contagio por COVID de su madre Tan Fang Mo, ya desde el 9 de febrero de aquel mismo año unos 200 millones de alumnos de educación primaria y secundaria habían comenzado un nuevo periodo académico completamente en línea debido a las medidas que se tomaron en ese momento en el país cuando inició la pandemia[xxx] (Unesco, 19 marzo de 2020, párrafo 1), por lo que los jóvenes Lio Tan tuvieron que centrarse también en estudiar, a pesar de lo preocupados que estaban por su madre.

Para principios del año 2020, los Ministerios de Educación y de Tecnología del país habían logrado movilizar con rapidez a los principales proveedores de servicios de telecomunicaciones en conjunto para lograr reforzar la conexión a internet en las regiones más lejanas y desatendidas[xxxi] (Unesco, 19 marzo de 2020, párrafo 4 y 5).

Así como sucedía en el caso de millones de alumnos y maestros en toda China, tanto los jóvenes Lio Tan (Pei Pei, Si y Shan Shan) como su padre, Lio Shan Yi, quien además de ser padre, era también maestro, tuvieron que adaptarse a estas nuevas medidas establecidas para la enseñanza y el aprendizaje de cada uno de los estudiantes en todo el país. Todos juntos, maestros y alumnos trabajaban a través de estas plataformas y recursos virtuales a fin de promover una educación de calidad en aquellos momentos difíciles.

Esto sucedía en China con el objetivo de garantizar la educación en momentos críticos como estos, logrando así para finales de abril y principios de mayo que los estudiantes de algunas partes de China reanudasen las clases presenciales con todas las medidas y protocolos de higiene establecidos. Esta fue una de las decisiones tomadas por las autoridades debido a la disminución de los casos de contagios presentados.

Aunque en algunas partes reabrían clases en las escuelas, otras continuaban por los medios radiales, televisivos e internet. No obstante, no en todos los casos los niños contaban con acceso a internet para sus clases virtuales ni a un teléfono móvil, por lo cual algunos tenían que contentarse con revisar sus libros de estudio en casa[xxxii] (Noticias ONU, 5 de octubre de 2020, párrafo 6 y 7).

Los maestros de todo el mundo, tal como en el caso de Lio Shan Yi y muchos otros, se habían esforzado y habían trabajado individual y colectivamente para encontrar soluciones y crear nuevos entornos de aprendizaje para sus estudiantes, demostrando, como lo han hecho tantas veces, un gran liderazgo e innovación para garantizar que el aprendizaje no se detuviese y que ningún alumno se quedase atrás[xxxiii] (Noticias ONU, 5 de octubre de 2020, párrafos 1, 4 y 5).

En Wuhan, Lio Shan Yi y sus hijos, siendo ya el 1 de septiembre del 2020, se dirigían juntos a la escuela, debido a que en el mes anterior de agosto el gobierno de la ciudad había asegurado que contaría con un plan de enseñanza presencial, a distancia y mixta que iría adaptándose según variasen las circunstancias sanitarias después del inicio de clase[xxxiv] (Heraldo, 29 de agosto de 2020, párrafos 3-5, 8 y 9).

Lio Shan Yi llevaba, junto con sus dos hijos más grandes, a su pequeña Lio Tan Shan a la "Escuela Elemental de Wuhan", donde la niña cursaba el tercer curso de primaria. Al llegar allí, la maestra de Shan Shan la recibió con una sonrisa en sus ojos, como a cada uno de sus alumnos, al momento que le tomaba la temperatura y desinfectaban mediante una máquina, sus zapatos y demás prendas de vestir, luego tiraban sus mascarillas desechables al zafacón con el permiso de sus respectivos padres.

Al dejar a su pequeña hija en la escuela elemental, Lio Shan Yi y sus hijos regresaban a pie para ir a la escuela secundaria, en donde Yi y sus hijos, Pei Pei y Si, trabajaban y estudiaban respectivamente. Pei

Pei se encontraba en su último año de secundaria, mientras que, Si apenas iniciaba el primer curso de secundaria, con tan solo 12 años.

Su padre estaba contento de tenerlos allí aquel año a los dos juntos, pues él trabajaba como profesor de chino en aquella escuela, lo que le permitía estar pendiente de su progreso y bienestar físico y social. Lio Shan Yi, además de ser un profesor accesible y amable, era un padre dedicado, cariñoso y muy atento con sus hijos.

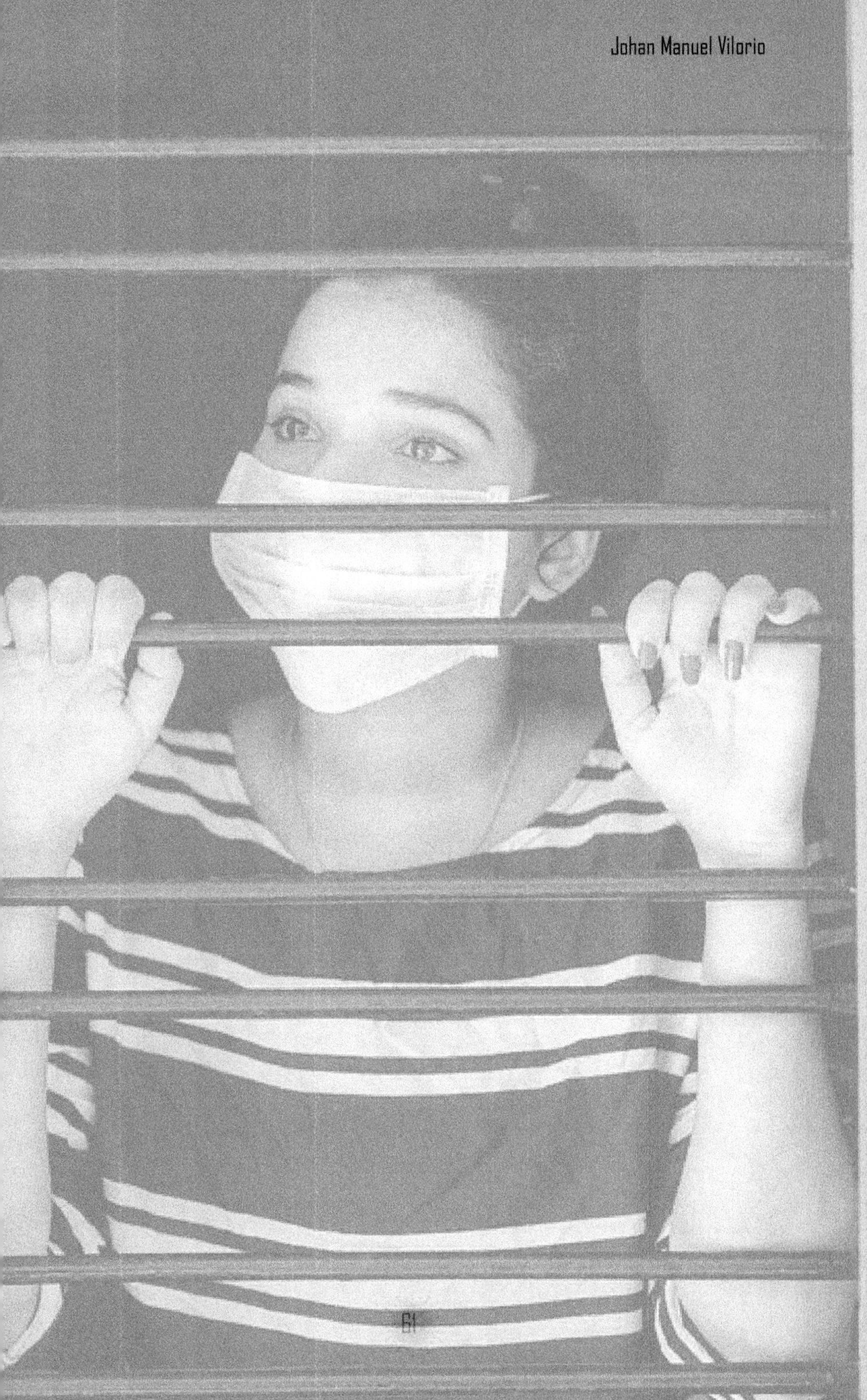

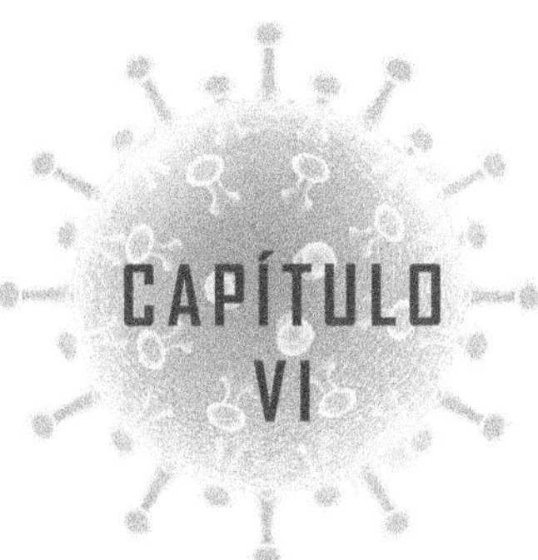

¨Esto va para largo¨

Para el martes 22 de septiembre, en Estados Unidos, el número de contagios y muertes por Covid-19 había ascendido de una forma descomunal, hasta la fecha eran 200,000 personas las fallecidas por esta terrible enfermedad. Por tanto, aunque en principio se habían levantado ciertas restricciones en algunos estados, las autoridades de salud seguían recomendando a las personas que llevasen las medidas de precaución e higiene recomendadas desde el principio [xxxv] (CNN en español, 22 de septiembre de 2020, párrafo 24).

Sin embargo, estas medidas y las restricciones impuestas debido al COVID fueron olvidadas parcialmente al entrar el país en actividades políticas.

A pesar de los tumultos y las protestas que se armaban en muchas partes del país, en el Bronx, condado de New York, se encontraba la familia Brown guardando aislamiento social pues reconocían que la pandemia aún no había terminado.

La familia Brown, a pesar de mantenerse recluida en casa, se mantenía muy activa en sus actividades y compartiendo entre ellos. Hacía algunos meses que Jamie y Melanie habían iniciado a estudiar juntos la Biblia con una pareja de Testigos de Jehová, y como les parecía muy práctico lo que estaban aprendiendo, decidieron que toda la familia se envolviera en el estudio.

Aunque la abuela Michelle era evangélica, la señora era muy respetuosa en asuntos que tenían que ver con las creencias de los demás, su decisión personal y asuntos de consciencia; por ello, lejos de sentirse incómoda o entrar en polémica por las diferencias que encontraba entre sus creencias y lo que ellos estaban aprendiendo en la Biblia, se les unió en su consideración para investigar un poco más lo que éstos aprendían en la Biblia.

Como los hijos de Melanie y Jamie eran menores de edad, estos también se les unían para escuchar el análisis cuando llegaba la hora de su curso bíblico, pues sus padres se lo habían pedido. También, dos veces por semana se conectaban con sus maestros y otros miembros de la congregación para celebrar reuniones de análisis basadas en la ayuda práctica que da la Biblia en la vida personal y de familia.

Estas reuniones les ayudaron a ver el lado bueno de la situación que todos a nivel mundial estaban pasando por la pandemia, pero aún más, a recibir consuelo y ánimo en aquel período de angustia por el cual estaban pasando como familia debido a la pérdida de su querido abuelo Chad.

Muy emocionada por el tema de la resurrección de los muertos, tratado en una de las conferencias que se habían presentado aquel sábado 26 de septiembre, Michelle, quien, aunque ya tenía cierto conocimiento de la Biblia, exclamó:

—¡Wao! ¡Qué bien me sentí hoy al escuchar que podría volver a ver a mi amado Chad! Había escuchado algo sobre el estado de los muertos en mi iglesia, pero nunca había visto la esperanza que tienen de resucitar en la misma Biblia, no me parecía tan real la idea de volver a ver a Chad, pero ahora sí, y eso me anima.

—Así es, mamá, esa es una de las razones por las cuales Melanie y yo decidimos estudiar la Biblia —le explicaba su hijo Jamie—. Verdaderamente, en estos días nos ha venido bien la esperanza que la Biblia nos da, Julio y Linda, nuestros maestros, nos han ayudado encontrar algunos pasajes que nos han fortalecido.

—¡Qué bueno que ustedes dos hayan decidido emprender ese camino! —le encomiaba Michelle—. Eso también puede ayudarlos en la crianza de sus hijos, y sé que les ayudará. Hay que tomar a Dios en cuenta en todo lo que hacemos.

Michelle se sentía feliz por la decisión que Melanie y Jamie habían tomado juntos como matrimonio y como padres de que toda la familia se envolviera en aquel estudio de la Biblia, pues veía como mejoraban ellos mismos al tratarse, al corregir y darles consejos a sus hijos y como esto mismo influía de forma positiva en el comportamiento de ellos.

Jamie Junior, Pablo y Samantha siempre se habían tratado como hermanos, pero ahora al pasar más tiempo juntos y ver la buena armonía y trato equitativo que le daban sus propios padres, ahora ni siquiera notaban la diferencia entre los tres.

Aunque Jamie Jr. había sido el primer hijo del matrimonio Brown, hace algunos años, luego de haber tenido a Jamie Jr. y de haberse casado, conocieron a Luisa, una madre soltera inmigrante que había llegado al país para mejorar su condición de vida y la de su hijo Pablo; se hicieron muy amigos de Luisa, pues llego a ser empleada del restaurante que ambos administraban, y sobre todo una buena amiga.

A pesar de la linda amistad que habían hecho con Luisa durante algunos años, la vida le jugó pesado a Luisa, pues debido a los constantes desmayos y mareos que tenía en el trabajo, Melanie la llevó a consultar con el médico, y fue allí cuando se dieron cuenta que Luisa tenía un tumor cerebral maligno muy avanzado y le quedaba poco tiempo de vida.

En muestra de compasión, solidaridad y el gran cariño que sentían por aquella mujer, el matrimonio Brown le ofreció mudarse con ellos y su único hijo en ese entonces durante los últimos años de su vida. Luisa no tenía a nadie en su país natal, pues era huérfana de padre y madre, y cuando tuvo a Pablo, su padre ya había emprendido la huida.

Al momento de su muerte, Luisa solo le pidió un último favor a aquella cariñosa y amada familia de la cual también ella se había hecho parte, que cuidasen de su más preciado regalo: su hijo Pablo. La pareja, en vista del cariño y el amor que sentían para con Luisa y el deseo que tenían de darle un hermano a su hijo, le prometieron no solo cuidarlo bien, sino adoptarlo como parte de su familia. Así fue como Luisa, la madre de Pablo pudo morir en paz.

De aquello hacía 7 años ya, cuando los niños contaban cada uno solo con 7 años. Jamie Jr. y Pablo se habían hecho los mejores amigos, pero desde aquel momento se trataban como hermanos de sangre y con el cariño que habían cultivado en aquellos duros años de Pablo.

Un año después de la muerte de Luisa, llegó Samantha como una bendición del cielo, para completar la hermosa familia que conformaban.

Esta Era de Pandemia había dado un golpe muy duro a la familia, pero también fue una oportunidad que supieron aprovechar para unirse aún más los unos a los otros y mostrarse el amor que sentían cada uno por el otro, era un momento para apoyarse, para cuidarse mutuamente y acercarse a Dios.

A la vez que todo esto sucedía en Nueva York, en la ciudad de San Pedro de Macorís, R.D., se encontraba Carlos con la ayuda de sus padres, Juan y Leticia, quienes intentaban por segunda vez explicarle a su hijo por lenguaje de señas y algunas mímicas como resolver un problema matemático que su maestra le había enviado.

Mientras tanto, Julito, el hermano menor de Carlos, quien contaba con apenas 7 añitos, había terminado su tarea del día y se encontraba jugando un poco con la tableta de su papá. Aburrido ya de estar tanto tiempo pegado al dispositivo y sin idea de que más hacer, sin pensarlo, molesto interrumpió a sus padres para preguntarles:

—Ma, Pa ¿hasta cuándo vamos a estar todo el tiempo en la casa? Ya quiero salir a divertirme, ir a la escuela, jugar con mis amiguitos y pasear en bici por el parque, como antes, ¿cuánto le queda a esto?

Desilusionado por no poder darle una respuesta esperanzadora a su hijo menor, y a la vez frustrado por notar no lograr entenderse bien con su hijo mayor a fin de ayudarle con sus tareas, Juan respiró hondo y le respondió a su hijito:

—Ay, hijo mío, quisiera decirte que falta poco para que esto termine, pero la verdad es que no tenemos la respuesta aún, pues todavía los médicos no han hallado una cura efectiva para este virus.

—Pero ¿por qué aun no la han encontrado? Si tienen desde marzo buscándola —preguntaba desconcertado Julito—. ¿Es que será tan difícil hallarla?

—Al parecer, mi hijo. Pero se están esforzando al máximo por disminuir los contagios, por ello estamos en casa aislados para cuidarnos de enfermarnos —le decía su madre Leticia, en el momento que soltaba los libros de Carlos para acercársele a Julio—. Hasta que encuentren una cura o alguna vacuna para inmunizarnos, tendremos que quedarnos en casa y solo salir para lo necesario, como trabajar y comprar comida.

—Nosotros nos quedamos en casa, pero yo veo que el vecino de al lado, Fredi, vive jugando todo el tiempo en la calle y andando de aquí para allá sin mascarilla —decía Julito muy observador y analítico—. Y su mamá todos los días sale con amigos de fiesta, sin ningún cuidado.

Carlos, quien estaba observando la conversación para ver de qué se trataba, le leía los labios a su hermano menor, quien hablaba mucho más despacio que sus padres. Entonces, al captar que su hermanito mencionaba el caso de los vecinos, por medio de señas y vocalizando, intervino para decirle:

—Recuerda que fue por esa mujer que se le pegó el COVID a Doña Celia, su mamá, y cuando fueron hacerse la prueba del COVID, todos salieron positivos, pero la hija no sabía que lo tenía, porque no tenía síntomas ¡Es una bruta! No tiene ningún cuidado. Pobre madre.

—Así es, y Carlos sabe bien eso, porque muchos de sus amigos sordos se contagiaron por no tener ese cuidado o vivir con alguien así —continuaba diciendo su padre Juan para animarle—. Pero no te aburras, vamos a terminar con Carlos como en unos 20 o 30 minutos, y luego jugamos Parchís o Uno, verás que nos vamos a divertir todos juntos.

—De acuerdo, pero ya estoy aburrido y tengo que esperar mucho —decía Julito, cabizbajo sin más poder.

—Pero verás que la espera valdrá la pena —le consolaba su madre—. Ten un poco de paciencia, verás que el tiempo llegará y nos divertiremos.

Cansado de estar todo el tiempo en casa, alterado y molesto por lo que había causado el virus del Covid-19, Julito corrió al balcón de la casa y con todas sus fuerzas gritó:

—Maldito Coronavirus, ¡te odio!

—Niño, no digas eso —le corregía Leticia, su madre—. No es bueno maldecir.

—Perdón mamá, es que no me pude aguantar —se excusaba Julito al reconocer su error—. Pero ese virus es malvado.

—Así es, pero confiemos en Dios de que esto pronto pasará —le animaba Leticia—. Ahora ven conmigo dentro de casa, te prepararé un emparedado y un jugo bien delicioso, para que meriendes.

El niño miró fijamente a su madre, y al ver que esta le extendía sus manos para agarrarlo, sintiéndose impotente y sin poder hacer nada más, le correspondió y le sostuvo para dejarse guiar por ella. No obstante, cuando iban caminando hacia dentro de la casa, Julito agrego y dijo también:

—Bueno mami, tendrás que hacerme muchos jugos y emparedados de ahora en adelante, porque esto va para largo.

Johan Manuel Vilorio

El ojo del COVID

Como cuando se acerca el ojo de un huracán, viene una calma efímera para luego regresar la tempestad con mucha más fuerza, de igual manera los casos por contagios de COVID disminuyeron en algunas partes del mundo para luego atacar con más intensidad. Tal fue el caso de Italia, donde para el 1 de octubre ya las escuelas, restaurantes y actividades deportivas habían reabierto; sin embargo, no tardó mucho en que aumentaran los casos de infección por coronavirus.

Los nuevos casos diarios de coronavirus en Italia se habían duplicado al llegar casi la mitad de mes. Por esta razón, el martes 13 de octubre, el gobierno italiano impuso nuevas restricciones a reuniones, restaurantes, deportes y actividades escolares, en un intento por frenar el avance del virus[xxxvi] (Reuters, 13 de octubre de 2020, párrafo 1).

Aunque las escuelas permanecían abiertas, las actividades fuera del aula estaban restringidas, con la prohibición de viajes escolares y visitas de intercambio[xxxvii] (Reuters, 13 de octubre de 2020, párrafo 11). A pesar de esto, los padres de Marco Castelli habían decidido no enviarlo a la escuela, a fin de cuidar que no se expusiese al virus, pues éste aún no se había logrado controlar.

Para evitar que su hijo perdiera un año escolar más, Rodrigo y Lucía Castelli habían conversado con las autoridades académicas de la escuela a la cual Marco asistía para ver si se le podía asignar un tutor que le diera las clases virtualmente o que se le grabaran para que este estuviese al día, explicándole su situación delicada y particular.

Los directivos de la escuela de Marco le asignaron un tutor para aclararles dudas y explicarles los temas que se daban en las clases grabadas en vivo de su maestro, con el acuerdo de que sus padres apoyarían esta medida de forma monetaria. Rodrigo y Lucía estuvieron de acuerdo desde el primer momento, pues para ellos lo más importante era la salud de su amado hijo.

Aunque semanas atrás, Fernando había dado positivo en una prueba de COVID que se hizo la familia completa, a raíz de que la abuela María había presentado síntomas y malestares similares a los del coronavirus, gracias a Dios, Marco no se había infectado, por lo que Fernando solo tuvo que ponerse en cuarentena a fin de cuidar la salud de los demás.

Lamentablemente, la situación no fue la misma para la señora María Sabattini, a quien si tuvieron que hospitalizar de emergencia.

En medio de aquel aparente mal sin fin, en el hospital "Il Nouvo Mondo" se encontraba internada de gravedad la señora María Sabattini de Castelli, quien también había contraído el virus a finales del mes de septiembre. Angustiado, su hijo Fernando, quien se encontraba en la sala de espera con su hermano, el Dr. Rodrigo Castelli, exclamó:

—¡Ay, Dios mío! ¡sálvala por favor! Si yo hubiese sabido que ir a tocar en esa fiesta causaría que me contagiase para luego transmitirle el virus a mamá, a pesar de que ya habían levantado las restricciones para los clubes nocturnos, no hubiese ido, hubiera dicho que no.

—Tranquilo Fernando, mis colegas y yo hacemos todo lo posible para que mamá se recupere pronto —le consolaba su hermano Rodrigo—. Esto es algo que no podemos ver llegar, por eso es por lo que se nos ponen tantas restricciones y medidas a seguir. Incluso los médicos vivimos con esa incertidumbre cada día, porque no queremos llevar el virus a nuestra casa y contagiar a los que amamos. Lo bueno es que ya la prueba que te hiciste dio negativo, ya no tienes COVID.

—Sí, pero mamá continúa enferma por mi culpa —se lamentaba aturdido Fernando—. Ella no quería que fuese a esa fiesta, pero no le hice caso, como siempre. Le dije que ya eso había pasado porque habían levantado las restricciones. Si pudiera volver a atrás en el tiempo para hacerle caso y obedecerle, tal vez aun estuviese sana.

—Esperemos en Dios que pueda superarlo —decía Rodrigo, pensativo—. Mamá tiene sus achaques y sus problemas de salud, pero confió en que mejorará. Aunque no podamos cambiar el pasado, Fernando, todavía podemos cambiar el presente y el futuro. Ya que diste negativo en esta última prueba, esfuérzate por quedarte en casa dentro de lo posible y aunque sé que quieres ver como esta mamá, céntrate en cuidar de Lucía y Marco mientras yo me encargo aquí de mamá y ver como avanza en su estado, recuerda que Marco también está enfermo, por ello decidimos no enviarlo a la escuela y contratarle mejor un tutor, para cuidarlo más.

—Sí, lo haré, ya no me queda de otra —se expresaba Fernando, decepcionado de sí mismo—. Pero infórmame de cómo sigue el progreso de mamá.

—Claro que sí, hermanito, así será —le aseguraba Rodrigo.

De esta forma, Fernando, quien cuando iba a retirar los resultados de su prueba había aprovechado la oportunidad para pasar a preguntar por el estado de su madre y su bienestar, se retiró y regreso a la casa para permanecer allí con su familia hasta recibir nuevo aviso sobre la condición de su madre.

Mientras que el resto del mundo sufría los embates de una segunda ola del Covid-19, por el cual algunos países incluso habían sido afectados más que en la primera ola por la cantidad de gente contagiada, parecía que en Wuhan las cosas habían vuelto casi a la normalidad, pues desde hacía un tiempo no se reportaba ningún caso de contagio y el gobierno había abierto la actividad turística dentro del país con viajes hacía otras ciudades de China, especialmente Wuhan[xxxviii] (BBC News Mundo, 27 de octubre de 2020, párrafos 1, 4, 5, 10, 13 y 14).

No obstante, para mucha gente y muchos dueños de negocios, las cosas no eran las mismas de antes y todavía había mucha preocupación por el virus[xxxix] (BBC News Mundo, 27 de octubre de 2020, párrafo 14). Este seguía siendo el caso de la familia Lio Tan, cuyos padres, Lio Shan Yi y Tan Fang Mo, habían decidido no salir de casa con sus hijos a menos que fuese al trabajo, la escuela o ir de compras, pues no estaban tan seguros de sí aquella pesadilla del COVID ya era historia en su ciudad, y más al ver la situación mundial.

Inquieto y con las ganas de salir, viendo que la ciudad se llenaría de visitantes y numerosas actividades entretenidas por causa de la celebración del Día Nacional de la República Popular China[xl] (BBC New Mundo, 27 de octubre de 2020, párrafo 11) Lio Tan Pei le preguntó a sus padres:

—Papá, mamá, ¿por qué no salimos, aunque sea por un ratito para ver el flashmob que se presentara en una de las estaciones de tren de la ciudad? Habrá muchos visitantes reunidos, será divertido.

—Por esa misma razón no iremos allá, Pei Pei —le decía Tan Fang Mo, su madre—. Al haber tanta gente reunida en un mismo sitio nos estaríamos arriesgando a infectarnos del COVID, no sabemos cuánto han disminuido los contagios y mucho menos quién lo tiene o dónde lo podemos conseguir, tenemos que seguir cautelosos.

—Ay mamá, si el gobierno anunció que ya no hay más Coronavirus en la ciudad —decía Lio Tan Pei mientras refunfuñaba—, además, ¿no vamos a la escuela y al centro comercial a veces para comprar algunos alimentos?

—Sí, pero cuando vamos a la escuela, lo hacemos con mucho cuidado y tomando las medidas de precaución, tú lo sabes Pei Pei —le recordaba su padre Lio Shan Yi amorosamente—. Y si vamos al centro, no vamos más de dos, o va tu madre contigo **o voy yo con Si**, y cuando llegamos nos damos un buen baño, para cuidar de no contagiarnos en ninguna parte.

—Pero ¿no es paranoico continuar haciendo todo eso si ya lás cosas han mejorado? Por lo menos aparentemente —reprochaba Lio Tan Pei.

—Tú lo dijiste: las cosas han mejorado aparentemente —le respondía sabiamente su padre—. Pero no queremos llevarnos de apariencias, queremos asegurarnos de que todo está bien. Aunque China dice mejorar con respecto a los contagios en el mundo las condiciones siguen desmejorando, así que hay que esperar un tiempo para ver si lo que se dice es cierto del todo, no queremos sufrir las consecuencias de una segunda ola, vamos a ver ¿qué tal si esperamos a invierno y dejamos que pase? Dependiendo de lo que suceda nos vamos todos juntos de viaje.

—¡Si! Me gusta la idea de salir de viaje —exclamó la pequeña Lio Tan Shan emocionada—. Así podremos divertirnos, tenemos mucho que no lo hacemos.

—Yo quisiera divertirme ahora —decía decepcionado y triste Pei Pei—. Pero son ciertas tus palabras también.

—¿Qué te parece si nos divertimos hoy un poco, en familia? —intentaba su madre, Tan Fang Mo, animarle—. Dime, ¿qué es lo que más te gusta hacer?

—Además de jugar baloncesto, me gusta cantar —le respondía su hijo mayor.

—Bueno, podríamos preparar unos bocadillos y hacer una especie de Karaoke hoy en la tarde —le sugería su madre—. así nos divertimos todos y te animas un poco, ¿qué te parece?

Al chico de 17 años le pareció bien la idea de su madre pues quería entretenerse un poco, aparte de hacer todos los deberes del día, solo para botar el golpe, pues también hay que divertirse de vez en cuando y dedicar tiempo para compartir con la familia y los amigos. Así es, para todo hay un tiempo y un momento en la vida. Fue de aquella manera como Lio Tan Pei pudo calmar la ansiedad que sentía por aquellos tiempos sin salir a divertirse.

El nuevo coronavirus que provocó la enfermedad Covid-19, la cual brotó inicialmente en la provincia Wuhan, en la República Popular de China, a finales del año 2019 y luego se expandió a Europa, Asia, América y África, había pasado a la historia de la humanidad como una de las enfermedades más mortales y terribles del siglo XXI, habiendo contagiando para finales de noviembre del 2020, cerca de cumplirse un año de su aparición, a más de 61 millones de personas con un costo de 1,4 millones de muertos en todo el mundo[xli] (Listín Diario, 30 de noviembre de 2020, párrafo 10).

Esperanza y paz en medio de la tormenta.

A finales del mes de noviembre y principios de diciembre, en la República Dominicana las autoridades, como en la gran mayoría de los países de Latinoamérica, habían puesto restricciones de toque de queda a partir de ciertas horas de la noche, pues ni las circunstancias ni la situación por causa del COVID habían mejorado.

Como muchos habían perdido su empleo a principios o mediados de año por causa del cierre o paro de algunos hoteles e industrias, el gobierno había favorecido a gran parte de las familias dominicanas con una ayuda social para la comida, así no pasaban hambre durante el confinamiento.

A pesar de la ayuda que se ofrecía a los ciudadanos dominicanos, como ocurría en casi todos los países, la economía y entrada de dinero había disminuido considerablemente, aun cuando algunas empresas y hoteles hubiesen reabierto sus puertas luego de la segunda mitad del año 2020.

En muchas ciudades grandes como Santo Domingo, La Vega y San Pedro de Macorís, era difícil para la gente quedarse en su casa iniciado el toque de queda en hora nocturna, pues acostumbraban a aprovechar su tiempo libre para salir a fiestar e ir de parranda, sin ser capaces todavía de tomar consciencia de la gravedad de la situación y cuanto afectaba su imprudencia a los suyos.

Los policías, quienes habían arrestado en principio a todo aquel que encontrasen en las calles sin permiso ni razón en horas restringidas, ya estaban cansados y agobiados de lo mismo, pues sabían que a quienes encontraran —los cuales se reunían en masas—, se resistirían, y con el hecho de solo ver a los oficiales emprendían la huida, haciendo más difícil su labor de mantener las calles vacías y a todo el mundo en su casa. Como los arrestaban para soltarlos al día siguiente, pues no había régimen de consecuencia alguno, se fueron haciendo los chivos locos.

Así como estaban cansados los oficiales de la policía, de igual manera se encontraban las pocas personas que obedecían las normas impuestas del toque de queda y se mantenían en casa, siguiendo lo establecido por las autoridades a fin de preservar la salud de ellos y la de los suyos. Este mismo era el caso de la familia Pérez, quienes habían seguido al pie de la letra las instrucciones; reunidos en casa siendo ya las 7:00 p.m. en toque de queda, Leticia le hablaba a su marido:

—Ay Juan, ya quisiera que todo esto pasara rápido para que podamos volver a salir en familia como lo hacíamos, también pudiéramos visitar a nuestros parientes en Montecristi. Ahora el tiempo ni nos alcanza.

—Así es, esperemos que esas vacunas que están preparando lleguen pronto al país, y que logren funcionar —le decía Juan a su esposa—. Pues dicen que de las 3 que han anunciado, por lo menos dos ya estarán listas para principios del año 2021, quiera Dios que puedan cumplir con su objetivo porque ese Coronavirus ha dado lata.

Carlos, quien se encontraba cerca de sus padres mientras jugaba con su hermano Julito, pudo leerles los labios a sus padres en aquella ocasión y, al darse cuenta de que posiblemente habría una vacuna para contrarrestar el virus, emocionado exclamó:

—¡¿Una Vacuna?! Eso quiere decir que pronto podremos salir a la calle sin temor de enfermarnos del coronavirus ¡Genial! ¿Cuándo la traerán?

—No estamos muy seguros Carlos —le respondía su padre—. Lo que sí sabemos es que el gobierno ya ha asegurado algunas por medio de contratos pre-hechos con las farmacéuticas que están creando la vacuna.

—Quiera Dios que pronto todos podamos salir de esta —rogaba Carlos desde lo más profundo de su ser—. Yo ya quiero volver a la escuela y a tener una vida normal, dentro de lo posible.

—Dios te oiga, Carlos, Dios te oiga. Eso queremos todos —decía su madre, esperanzada—. Pero sigamos esperando en él, con aguante, paciencia y firmeza, que algún día saldremos de esta, algún día será.

La Familia Pérez sabía que, como ocurre después de toda tormenta devastadora, venía la calma y el alivio, así que Leticia y Juan continuaban animando a sus hijos Carlos y Julio a seguir esperando y esforzarse por mantenerse ocupados a fin de que ni la fatiga ni la angustia le robaran la paz y las fuerzas para seguir adelante.

Al otro lado del mundo, en Italia, María Sabattini seguía luchando por su vida, aun infectada del COVID. Pero esta vez, la situación había empeorado debido a que el virus había complicado más su estado de salud, al sufrir ella de hipertensión y problemas cardíacos.

Al ver a su madre en tal estado crítico, Rodrigo, quien se hallaba con sus colegas intentando calmar a la señora a fin de suministrarle algunos medicamentos, recordó la promesa que le había hecho a su hermano menor, así que salió por un momento de la habitación para llamar a la casa. Al llamar, quien tomó el teléfono fue Marco, entonces su padre le pidió que le pusiera a Fernando pues tenía algo importante que decirle.

—Dime Rodrigo, ¿qué ha pasado? —preguntaba Fernando, preocupado—. ¿Por qué has llamado antes de venir a casa?

—Te he llamado por mamá, Fernando —respondía Rodrigo, melancólico y con voz alterada—. No se ve bien y ya no está respondiendo a su medicación.

—Pero ¿no hay nada más que puedan hacer? —le preguntaba su hermano Fernando, con lágrimas en los ojos—. ¿No hay algún otro tratamiento que le funcione?

—Créeme, estamos haciendo todo lo posible —contestaba Rodrigo—. Pero el virus ya ha afectado sus pulmones, y las complicaciones que tenía mamá se han dificultado más. Te llamé para que vengas a verla, en cualquier caso, haré que te des un baño y te pongas un traje especial antes de entrar a verla.

—Si, iré para allá ahora mismo —decía Fernando al colgar el teléfono.

Al ver a Fernando tan angustiado recién había colgado el teléfono, Lucía, su cuñada, le preguntó preocupada qué había pasado, entonces en muy pocas palabras y apenas pudiendo expresar lo que Rodrigo le había comunicado, Fernando le contó que su madre María estaba muy mal. Fue entonces cuando se alistó y salió de camino al hospital.

Al llegar, Fernando se encontró con Rodrigo y este le hizo bañar y prepararse antes de entrar donde estaba su madre. Finalmente, antes de entrar, Rodrigo le animó a Fernando a mantener la compostura para que no se derrumbara delante de su madre y la desanimara, pues querían mantenerla optimista a fin de lograr un mejor resultado en su lucha por recuperarse.

Al entrar en la habitación, Fernando vio por primera vez en muchas semanas a su madre, quien se hallaba conectada a un respirador, fue entonces cuando Fernando pudo decir a su madre:

—Hola mamá, cuánto tiempo que no te veía. Sé que quizás no me puedas responder, pero espero que te sientas mejor, aunque estos días hayan sido difíciles para ti.

Mientras Fernando hablaba, su madre, María lo observaba fijamente. Al darse cuenta de lo mal que estaba María y lo mucho que estaba sufriendo, Fernando no pudo resistir y confesó:

—Me siento tan devastado. No pasa ni un solo día que no dejo de culparme por lo que te está pasando. Si no hubiese ido a aquella fiesta quizás no te hubieses contagiado. He sido un tonto, insensato y cabeza dura, y pocas veces te he hecho caso, ahora mira todo lo que he provocado. Si algo te pasa, no sé qué hare, porque es mi culpa.

Al ver que su hermano no había tomado en cuenta lo que antes le había hablado, Rodrigo intentó calmar a Fernando, mientras le halaba para sacarlo un rato de la habitación; Sin embargo, Doña María le hizo señas para que lo dejara y le pasara, en cambio, una libreta y un bolígrafo para escribir. Entonces en papel y tinta, María le escribió a su pequeño hijo:

—No te culpes a ti mismo por lo que no puedes controlar. Es verdad que siempre has sido cabeza dura, un insensato y a veces tonto, pero no pudiste ver que te contagiabas del COVID ni que lo llevaras a casa, algo que le pudiese haber pasado también a Rodrigo por su trabajo. Todos pensamos que las cosas habían mejorado, pero las cosas no siempre son como las pensamos.

—Pero si me hubiese quedado por un tiempo más en la casa, solo para ver qué pasaba, si todo empeoraría o mejoraba, no hubiese aceptado ese trabajo aquella noche   —decía Fernando muy angustiado y arrepentido—. Si hubiese esperado con paciencia quizás hasta que proveyeran la vacuna o encontrasen una cura, no te hubiera puesto en esta situación, no estuvieses entre la vida y la muerte.

—Ya no te culpes más, debes ser fuerte ahora, ¿y los otros millones de personas que también han muerto por causa de esta enfermedad?, ¿quién ha tenido la culpa en sus casos? —le escribía a su madre para animarle mientras le acariciaba la cara—. Siempre has sido el más rebelde de la casa, te has ido en el sentido contrario, tu padre y yo te orientamos y deseamos que fueras un hombre de bien; a diferencia de tu hermano, quien siempre hizo lo que nosotros le decíamos. Pero creo que la principal razón fue porque fuiste nuestro hijo más querido, te añoñamos mucho, eso no es malo, pero también te dio el valor para postrarte firme, hacernos frente y seguir tus sueños. Es por eso, luego de tantos desencantos y rabias, me enorgullece ver el hombre en el que te has convertido. Solo te quiero pedir una cosa: no dejes de soñar ni de luchar por tus metas, pero evita hacer lo que está mal para llegar a ellas, sigue el camino correcto, se prudente, sabio y perspicaz a la hora de tomar cualquier decisión, piensa siempre en que tu familia y el amor a Dios es lo primero.

Mientras su hijo Rodrigo le sostenía la libreta, a duras penas, Doña María con un bolígrafo terminaba de escribir sus últimas palabras de exhortación a su amado hijo Fernando, a quien entregó la libreta. Al recibir y leer el mensaje de su querida madre, Fernando se conmovió muchísimo y no pudo contener más las lágrimas, así que se lanzó en el regazo de su madre y comenzó a llorar mientras le decía:

—Yo también te amo mucho, mamá, nunca tuve la oportunidad de decírtelo, pues siempre me dejaba llevar por los impulsos y el enojo del momento. Pero la verdad es que siempre te he querido y he apreciado tus consejos y advertencias, aunque pocas veces le hice caso, lo siento mucho. Te amo mamá.

Entonces se escuchó una voz tenue y débil decir:

—Yo te amo mucho más. —Fue en aquel momento cuando la vida de María Sabattini comenzó a apagarse.

María Sabattini Viuda de Castelli, a sus casi 84 años, llegaba pronto al final de su vida, una vida cargada de arduo trabajo, alegría y amor, la cual terminó dedicándosela a su amado esposo, y finalmente a sus queridos hijos y nieto.

Mientras María cerraba los ojos lentamente iba alcanzando el gran sueño de la muerte, y a la vez despertando en un mundo nuevo, brillante y pacifico; al lograr adaptar sus ojos a la luz del día, podía ver de nuevo a su familia, ¡que sorpresa se llevó! Allí estaban su esposo, sus dos hijos, sus nueras y sus nietecitos, a la espera de su regreso, mientras sonrientes se alegraban de recibirla.

Un poco confundida, pero feliz de ver a toda su familia reunida y unida de nuevo, corrió hacía ellos para abrazarlos y llorar entre sus hombros de felicidad. Cerca de ellos, se encontraba otra familia, los Brown, quienes felices y contentos, también regresaban para volver a ver a sus seres queridos otra vez. Allí Michelle, Jamie, Melanie, Jamie Jr. y Samantha recibieron entre sus brazos al abuelo Chad, y eufórico y muy conmocionado, Pablo pudo abrazar de nuevo a su madre, Luisa. Toda la familia se había reencontrado.

Mientras cantaban reunidos, sentados en la hierba verde, María y su familia alcanzaron a ver a algunas familias de todas las culturas y naciones, algunos de entre ellos, que a son de güiras y tambores, bailaban y cantaban, entre ellos estaban los Pérez: Juan, Leticia, Julio y Carlos. Éste último, no dejaba de saltar de la alegría y la emoción, pues podía escucharlos a todos y sentir en su oído y en su corazón el ritmo de la música que le hacía mover los pies.

A lo lejos, se visualizaba una familia china muy numerosa, reunidos también con sus ancestros. La familia Lio Tan por fin podía compartir con todos sus amigos y familiares a la vez, todos juntos al aire libre.

Allí, a la vez que comían y disfrutaban de la buena compañía y algunas hazañas e historias famosas de sus antepasados. Lio Shan Yi, Tan Fan Mo y sus hijos reían y aprendían algunas palabras sabias de sus mayores. Entonces, Lio Tan Pei respiro hondo y dijo:

—Por fin aire fresco y puro. Se siente una verdadera paz y tranquilidad.

—Si, todo es bonito aquí —le respondía su hermano menor Lio Tan Si—. Y ya no está ese Coronavirus ni ninguna otra peste que nos pueda hacer daño.

—Así es, hijos míos. Ya no existe nada de esas cosas —le decía sonriente y jocosamente su padre Lio Shan Yi mientras sostenía a su pequeña Lio Tan Shan—. Ya no hay porque preocuparse más en llevar mascarillas.

Entonces, todos rieron a carcajadas por aquella expresión, a la vez que Tan Fan Mo reía, su mirada coincidió con la mirada de María Sabattini, quien abrazaba a su querido esposo. Al observar a Tan Fang Mo y su familia, tan sonriente y feliz, María decidió devolverle la sonrisa y dijo:

—Esto sí que es vida de verdad. Siento una calma y una gran felicidad en mí. Gracias Dios.

Y así fue como murió María Sabattini. Pero así fue como también pudo ver el final de esta terrible enfermedad y todas las demás que aquejaban y hacían sufrir a la humanidad, cuando por fin llegara el día cuando ningún habitante en toda la tierra podía enfermarse, pues luego de la tormenta y la tempestad, vino la calma y la tranquilidad.

97

Personajes en esta Historia

Lio Shan Yi *(Cabeza de la Familia Lio Tan)*

Tan Fang Mo *(Esposa de Lio Shan Yi y madre de la familia Lio Tan)*

Lio Tan Pei *(Hijo mayor de la Familia Lio Tan) 17 años.*

Lio Tan Si *(Hijo del medio de la Familia Lio Tan) 12 años.*

Lio Tan Shan *(Hija menor de la Familia Lio Tan) 8 años.*

María Sabattini Viuda de *Castelli (Abuela y Matriarca de la familia Castelli)*

Dr. Rodrigo Castelli *(Hijo Mayor de María y esposo de Lucia)*

DJ Fernando Castelli

Lucia Castelli *(Esposa del Dr. Castelli y madre de Marco)*

Marco Castelli *(Hijo de Rodrigo y Lucia Castelli) 12 años.*

Michelle Lidia Brown *(Abuela de la familia Brown)*

Chad William Brown *(Difunto esposo de Michelle y abuelo de la familia Brown)*

Jamie William Brown *(Hijo único de Michelle y Chad Brown)*

Melanie Brown *(Esposa de Jamie y madre de familia)*

Jamie William Brown Junior *(Hijo mayor de Melanie y Jamie Brown) 14 años.*

Samantha Lidia Brown *(Hija menor de Melanie y Jamie Brown) 6 años.*

Pablo Antonio Brown *(Nacido Pablo Antonio Rodríguez- Hijo adoptivo de Melanie y Jamie Brown) 14 años.*

Luisa Rodríguez *(Fallecida Madre biológica de Pablo)*

Carlos Pérez *(Joven Sordo que no entiende bien sus clases a distancia) 14 años.*

Leticia Pérez *(Madre de Carlos)*

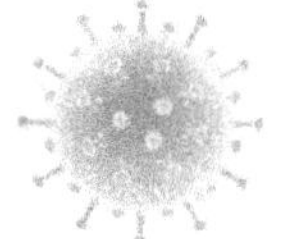

Juan Pérez *(Padre de Carlos)*

Julio Pérez *(Hermano Menor de Carlos) 7 años.*

Dr. Gu Chang Wo *(Médico que atendió a Tan Fang Mo todo el tiempo que estuvo en el hospital).*

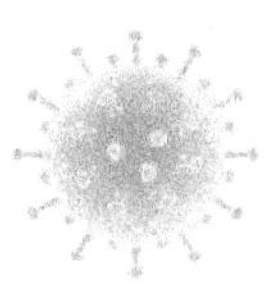

Fuente de Referencias

BBC News Mundo

- Origen del Coronavirus: *El científico que asegura que China "encubrió" los primeros casos de covid-19* (y cómo eso empeoró la pandemia) | https://www.bbc.com/mundo/noticias-internacional-53576076

- *Coronavirus en China: El plan de Wuhan para levantar la cuarentena por la pandemia de covid-19* https://www.bbc.com/mundo/noticias-internacional-52040027

- *Coronavirus: Italia registró el miércoles una cifra récord de muertes por covid-19 en un solo día* | https://www.bbc.com/mundo/noticias-internacional-51954574

- Coronavirus: *España supera a China en número de muertes y es el segundo país con más víctimas después de Italia* - | https://www.bbc.com/mundo/noticias-internacional-52035414

- Coronavirus en China | Wuhan, *"la ciudad heroica": cómo pasó de ser el foco de covid-19 a uno de sus principales polos turísticos* - | https://www.bbc.com/mundo/noticias-internacional-54629700

Naciones Unidas

- *Construir hoy el futuro de la educación* | https://www.un.org/es/coronavirus/articles/future-education-here

Noticias ONU

- *La pandemia es una oportunidad para repensar la educación y lograr un aprendizaje de calidad para todos* https://news.un.org/es/story/2020/10/1481832

La Nación

- *Coronavirus hoy en Italia: cuántos casos se registran al 26 de abril |* https://www.lanacion.com.ar/el-mundo/coronavirus-hoy-en-italia-cuantos-casos-se-registran-al-26-de-abril-nid2358430

El Mundo Internacional

- *¿Cómo llegó el coronavirus a Italia? El "misterio" del origen del foco sigue sin resolverse |* Internacional (elmundo.es) https://www.elmundo.es/internacional/2020/02/23/5e5253e021efa085198b45cc.html

La Vanguardia

- *Hace un mes Italia descubría al "paciente uno" y ahora será dado de alta |* https://www.lavanguardia.com/vida/20200321/474287051397/paciente-uno-italia-recuperado-coronavirus.html

CNN en español

- Minuto a minuto: *EE. UU. supera a las 200.000 muertes por coronavirus |* https://cnnespanol.cnn.com/2020/09/22/noticias-coronavirus-22-de-septiembre-estados-unidos-se-acerca-a-las-200-000-muertes-por-covid-19/

UNICEF

- *Regresar a la escuela en época de pandemia |*

https://www.unicef.org/es/coronavirus/regreso-escuela-pandemia

UNESCO

- *¿Cómo China garantiza la continuidad del aprendizaje cuando el coronavirus afecta las clases?* | https://es.unesco.org/news/como-china-garantiza-continuidad-del-aprendizaje-cuando-coronavirus-afecta-clases

Heraldo.es

- *Wuhan reabrirá sus colegios y guarderías el 1 de septiembre* | https://www.heraldo.es/noticias/internacional/2020/08/29/coronavirus-china-wuhan-reabrira-sus-colegios-y-guarderias-el-1-de-septiembre-1392998.html

France24.com

- *Estados Unidos superó los 100.000 muertos por coronavirus* | https://www.france24.com/es/20200527-hidroxicloroquina-covid19-pandemia-coronavirus

Listín Diario

- *Noviembre registra 16,141 casos de COVID en el país; aumentan los casos en menores de 20 años* | https://listindiario.com/la-republica/2020/11/30/646376/noviembre-registra-16141-casos-de-covid-en-el-pais-aumentan-los-casos-en-menores-de-20-anos

Agencia Nacional de Noticias (Telam.com.ar)

- *El gobierno italiano anuncia que reabrirán las escuelas después de las vacaciones de verano|* https://www.telam.com.ar/notas/202006/477477-italia-escuela-coronavirus.html

Semana.com

- Coronavirus: *¿Cómo China garantiza la continuidad del aprendizaje?* | https://www.semana.com/educacion/articulo/como-china-garantiza-la-continuidad-del-aprendizaje-con-el-coronavirus/662211/

Reuters

- *Italia endurece restricciones para contener avance de COVID-19 |* https://www.reuters.com/article/salud-coronavirus-italia-idLTAKBN26Y1G5

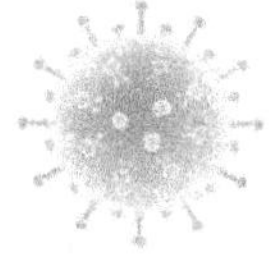

Biografía del Autor

Johan Manuel Vilorio Cruz

Nació el 22 de septiembre del 1993 en la ciudad de San Pedro de Macorís, Republica Dominicana. Son sus padres Ramon Vilorio Pérez y Milagros Cruz Nivar, y su hermana menor Mirian Milagros Vilorio. Luego de haber completado sus años estudios básicos y secundarios, en 2010 decide ingresar en la Universidad Central del Este, de su ciudad natal, para estudiar la carrera de Ingeniería Electromecánica.

En febrero de 2014, se gradúa como ingeniero Electromecánico en la misma institución de educación superior.

En el año 2015 acudió a un llamado nacional que hizo el Ministerio de Educación de la Republica Dominicana a fin de llenar las vacantes y necesidades que había en el sistema educativo nacional de maestros de secundaria en el área de las matemáticas. Por lo cual se postuló como tal en el Concurso de oposición Docente de dicho año y aprobó. Mas adelante, en abril del 2018, recibió de parte del "Instituto Superior de Formación Docente Salome Ureña" la certificación que lo reconocía como maestro graduado y licenciado a raíz de haber culminado sus estudios como Docente. Desde entonces ha trabajado de la mano con diferentes instituciones educativas, pero especialmente, para el Ministerio de Educación de la Republica Dominicana.

Vilorio, durante sus años de labor como docente, también ha servido en varias ocasiones como interprete al Lenguaje de señas americano para personas sordomudas, con el objetivo colectivo de asegurar la inclusión en la educación para todos.

En el año 2020, a raíz de la gran crisis sanitaria que presento la pandemia del COVID-19, decide escribir el relato "En el tiempo del COVID", el cual narra acerca de los obstáculos y las adversidades que han tenido que vivir diversas familias frente a esta enfermedad en todo el mundo, pero reflejando como la unidad, el amor, la tolerancia y la perseverancia han sido factores para salir airosos de este traumático proceso que nos ha hecho vivir la pandemia.

REFERENCIAS

[i] BBC News Mundo, (29 de julio de 2020), *Origen del coronavirus: el científico que asegura que China «encubrió» los primeros casos de COVID-19 -y cómo eso empeoró la pandemia | BBC News Brasil. recuperado de https://www.bbc.com/mundo/noticias-internacional-53576076.

[ii] BBC News Mundo, (29 de julio de 2020), *Origen del coronavirus: el científico que asegura que China «encubrió» los primeros casos de COVID-19 -y cómo eso empeoró la pandemia | BBC News Brasil, recuperado de https://www.bbc.com/mundo/noticias-internacional53576076.

[iii] BBC News Mundo, (29 de julio de 2020), *Origen del coronavirus: el científico que asegura que China «encubrió» los primeros casos de COVID-19 y cómo eso empeoró la pandemia | BBC News Brasil, recuperado de https://www.bbc.com/mundo/noticias-internacional-53576076.

[iv] BBC News Mundo, (29 de julio de 2020), Origen del coronavirus*: el científico que asegura que China «encubrió» los primeros casos de COVID-19 -y cómo eso empeoró la pandemia | BBC News Brasil, recuperado de https://www.bbc.com/mundo/noticias-internacional-53576076.

[v] BBC News Mundo, (26 de marzo de 2020), *coronavirus en China: el plan de Wuhan para levantar la cuarentena por la pandemia de COVID-19, | BBC News Brasil, recuperado

de https://www.bbc.com/mundo/noticias-internacional-52040027.

[vi] BBC News Mundo, (26 de marzo de 2020), *coronavirus en China: el plan de Wuhan para levantar la cuarentena por la pandemia de COVID-19* | BBC News Brasil, recuperado de https://www.bbc.com/mundo/noticias-internacional-52040027.

[vii] BBC News Mundo, (26 de marzo de 2020), *Coronavirus en China: el plan de Wuhan para levantar la cuarentena por la pandemia de COVID-19* | BBC News Brasil, recuperado de. https://www.bbc.com/mundo/noticias-internacional-52040027.

[viii] El Mundo Internacional, (23 de febrero de 2020), *¿Cómo llegó el coronavirus a Italia? El "misterio" del origen del foco sigue sin resolverse* | El Mundo, recuperado de www.elmundo.es/internacional/2020/02/23/5e5253e021efa085198b45cc.html.

[ix] El Mundo Internacional, (23 de febrero de 2020), *¿Cómo llegó el coronavirus a Italia? El "misterio" del origen del foco sigue sin resolverse* | El Mundo, recuperado de www.elmundo.es/internacional/2020/02/23/5e5253e021efa085198b45cc.html.

[x] El Mundo Internacional, (23 de febrero de 2020), *¿Cómo llegó el coronavirus a Italia? El "misterio" del origen del foco sigue sin resolverse* | El Mundo, recuperado de www.elmundo.es/internacional/2020/02/23/5e5253e021efa085198b45cc.html /

[xi] La Vanguardia, (21 de marzo de 2020), *Hace un mes Italia descubría al "paciente uno" y ahora será dado de alta* | La Vanguardia, recuperado de

https://www.lavanguardia.com/vida/20200321/4742870513
97/paciente-uno-italia-recuperado-coronavirus.html.

xii La Vanguardia, (21 de marzo de 2020), *Hace un mes Italia
descubría al "paciente uno" y ahora será dado de alta* | La
Vanguardia, recuperado de
https://www.lavanguardia.com/vida/20200321/4742870513
97/paciente-uno-italia-recuperado-coronavirus.html.

xiii BBC News Mundo, (26 de marzo de 2020) Coronavirus en
China*: el plan de Wuhan para levantar la cuarentena por
la pandemia de covid-19* | Recuperado de los párrafos 3 y
4. https://www.bbc.com/mundo/noticias-internacional-
52040027

xiv BBC News Mundo, (26 marzo de 2020) Coronavirus en China*:
el plan de Wuhan para levantar la cuarentena por la
pandemia de covid-19* | Recuperado de los párrafos 18 y 19.
https://www.bbc.com/mundo/noticias-internacional-
52040027

xv BBC News Mundo, (27 de octubre de 2020) Coronavirus en
China | *Wuhan, "la ciudad heroica": cómo pasó de ser el
foco de covid-19 a uno de sus principales polos turísticos* |
Recuperado de los párrafos 13 y 23.
https://www.bbc.com/mundo/noticias-internacional-
54629700

xvi BBC News Mundo, (25 de marzo de 2020) Coronavirus: *España
supera a China en número de muertes y es el segundo país
con más víctimas después de Italia* | Recuperado de los
párrafos 1,5,7 y 9. https://www.bbc.com/mundo/noticias-
internacional-52035414

xvii La Nación, (26 de abril de 2020) Coronavirus hoy en Italia:
cuántos casos se registran al 26 de abril | Recuperado del
párrafo 4. https://www.lanacion.com.ar/el-

mundo/coronavirus-hoy-en-italia-cuantos-casos-se-
registran-al-26-de-abril-nid2358430)

[xviii] La Nación, (26 de abril de 2020) Coronavirus hoy en Italia: *cuántos casos se registran al 26 de abril* | Recuperado del párrafo 1. https://www.lanacion.com.ar/el-mundo/coronavirus-hoy-en-italia-cuantos-casos-se-registran-al-26-de-abril-nid2358430

[xix] France 24, (27 de mayo de 2020) *Estados Unidos superó los 100.000 muertos por coronavirus* | Recuperado del párrafo 2. https://www.france24.com/es/20200527-hidroxicloroquina-covid19-pandemia-coronavirus

[xx] France 24, (27 de mayo de 2020) *Estados Unidos superó los 100.000 muertos por coronavirus* | Recuperado del párrafo 1. https://www.france24.com/es/20200527-hidroxicloroquina-covid19-pandemia-coronavirus

[xxi] France 24, (27 de mayo de 2020) *Estados Unidos superó los 100.000 muertos por coronavirus* | Recuperado de los párrafos 14 y 15. https://www.france24.com/es/20200527-hidroxicloroquina-covid19-pandemia-coronavirus

[xxii] Naciones Unidas, presentación del informe de políticas sobre la educación y el COVID-19: *Construir hoy el futuro de la educación* | Recuperado del párrafo 5. https://www.un.org/es/coronavirus/articles/future-education-here

[xxiii] Naciones Unidas, presentación del informe de políticas sobre la educación y el COVID-19: *Construir hoy el futuro de la educación* | Recuperado de los párrafos 1-4. https://www.un.org/es/coronavirus/articles/future-education-here

xxiv Naciones Unidas, presentación del informe de políticas sobre la educación y el COVID-19: *Construir hoy el futuro de la educación* | Recuperado de los párrafos 8 y 9. https://www.un.org/es/coronavirus/articles/future-education-here

xxv Agencia Nacional de Noticias (17 de junio de 2020) Telam.com.ar - *El gobierno italiano anuncia que reabrirán las escuelas después de las vacaciones de verano* | Recuperado del párrafo 2. https://www.telam.com.ar/notas/202006/477477-italia-escuela-coronavirus.html

xxvi Agencia Nacional de Noticias (17 de junio de 2020) Telam.com.ar - *El gobierno italiano anuncia que reabrirán las escuelas después de las vacaciones de verano* | Recuperado del párrafo 4. https://www.telam.com.ar/notas/202006/477477-italia-escuela-coronavirus.html

xxvii Agencia Nacional de Noticias (17 de junio de 2020) Telam.com.ar - *El gobierno italiano anuncia que reabrirán las escuelas después de las vacaciones de verano,* | Recuperado de los párrafos 6 y 7. https://www.telam.com.ar/notas/202006/477477-italia-escuela-coronavirus.html

xxviii UNICEF (6 de agosto de 2020) *Regresar a la escuela en época de pandemia* | Recuperado de los párrafos 4, 8-10, 13-20, 27-29. https://www.unicef.org/es/coronavirus/regreso-escuela-pandemia

xxix UNICEF (6 de agosto de 2020) *Regresar a la escuela en época de pandemia* | Recuperado de los párrafos 13-15. https://www.unicef.org/es/coronavirus/regreso-escuela-pandemia

xxx UNESCO (19 de marzo de 2020) *¿Cómo China garantiza la continuidad del aprendizaje cuando el coronavirus afecta las clases?* |Recuperado del párrafo 1. https://es.unesco.org/news/como-china-garantiza-continuidad-del-aprendizaje-cuando-coronavirus-afecta-clases

xxxi UNESCO (19 de marzo de 2020) *¿Cómo China garantiza la continuidad del aprendizaje cuando el coronavirus afecta las clases* | Recuperado de los párrafos 4 y 5? https://es.unesco.org/news/como-china-garantiza-continuidad-del-aprendizaje-cuando-coronavirus-afecta-clases

xxxii Noticias ONU, (5 de octubre de 2020) *La pandemia es una oportunidad para repensar la educación y lograr un aprendizaje de calidad para todos* - Fuente: Imagen de UNICEF/Everett - *Un estudiante de 11 años revisa sus libros de estudio en casa ya que no tiene acceso a clases virtuales. Su hogar no tiene acceso a internet ni a un teléfono móvil* | Recuperado de párrafos 6 y 7. https://news.un.org/es/story/2020/10/1481832

xxxiii Noticias ONU (5 de octubre de 2020) *La pandemia es una oportunidad para repensar la educación y lograr un aprendizaje de calidad para todos* | Recuperado de los párrafos 1, 4 y 5. https://news.un.org/es/story/2020/10/1481832

xxxiv Heraldo, (29 de agosto de 2020) *Wuhan reabrirá sus colegios y guarderías el 1 de septiembre* | Recuperado de los Párrafos 3-5, 8 y 9. https://www.heraldo.es/noticias/internacional/2020/08/29/coronavirus-china-wuhan-reabrira-sus-colegios-y-guarderias-el-1-de-septiembre-1392998.html

xxxv CNN en español (22 de septiembre de 2020) *Minuto a minuto: EE. UU. supera a las 200.000 muertes por coronavirus* | Recuperado del párrafo 24. https://cnnespanol.cnn.com/2020/09/22/noticias-coronavirus-22-de-septiembre-estados-unidos-se-acerca-a-las-200-000-muertes-por-covid-19/

xxxvi Reuters (13 de octubre de 2020) *Italia endurece restricciones para contener avance de COVID-19* | Recuperado del párrafo 1. https://www.reuters.com/article/salud-coronavirus-italia-idLTAKBN26Y1G5

xxxvii Reuters, (13 de octubre de 2020) *Italia endurece restricciones para contener avance de COVID-19* | Recuperado del párrafo 11. https://www.reuters.com/article/salud-coronavirus-italia-idLTAKBN26Y1G5

xxxviii BBC News Mundo (27 de octubre de 2020) *Coronavirus en China | Wuhan, "la ciudad heroica": cómo pasó de ser el foco de covid-19 a uno de sus principales polos turísticos* | Recuperado de los párrafos 1, 4, 5, 10, 13 y 14. https://www.bbc.com/mundo/noticias-internacional-54629700

xxxix BBC News Mundo (27 octubre 2020) *Coronavirus en China | Wuhan, "la ciudad heroica": cómo pasó de ser el foco de covid-19 a uno de sus principales polos turísticos* | Recuperado del párrafo 14. https://www.bbc.com/mundo/noticias-internacional-54629700

xl BBC News Mundo, (27 de octubre de 2020) Coronavirus en China | *Wuhan, 'la ciudad heroica": cómo pasó de ser el foco de covid-19 a uno de sus principales polos turísticos* | Recuperado del párrafo 11. https://www.bbc.com/mundo/noticias-internacional-54629700

xli Listín Diario, (30 de noviembre de 2020) *Noviembre registra 16,141 casos de COVID en el país; aumentan los casos en menores de 20 años* | Recuperado del párrafo 10. https://listindiario.com/la-republica/2020/11/30/646376/noviembre-registra-16141-casos-de-covid-en-el-pais-aumentan-los-casos-en-menores-de-20-anos

Crédito de Imágenes

- Imágen de portada por Pexels
- "Our planet today" por Pablo Ibáñez
- "Hand rose" por Iira116
- "Woman with mask" por Christo Anestev
- "Girl with the laptop" por Dandernel
- "Girl in jail" por Nandhu Kumar
- "Storm Hurricane" tomada de Pixabay
- "Man with mask" por Enrique Meseguer

www.ingramcontent.com/pod-product-compliance
Lightning Source LLC
Chambersburg PA
CBHW060557100726

47907CB00005B/1408